Aristide Barraud est un ancien joueur du Stade français et du Rugby Club Massy Essonne. Il a ensuite poursuivi sa carrière en première division dans le championnat d'Italie. Il est aujourd'hui chroniqueur et commentateur sportif. Il vit à Paris.

Aristide Barraud

MAIS NE SOMBRE PAS

RÉCIT

Éditions du Seuil

TEXTE INTÉGRAL

ISBN 978-2-7578-7797-5
(ISBN 978-2-02-136458-3, 1re publication)

Octobre 2016

Aujourd'hui, on a fini le chocolat. Avec ma sœur, pendant les nombreuses semaines passées à l'hôpital, on a accumulé pas mal d'emballages en tout genre. Ça allait des grandes boîtes qu'on trouve en supermarché aux petits sachets d'artisan. Tout nous allait, même les bonbons chocolatés, le genre en triangle et au nougat, ou avec une cacahuète à l'intérieur et qui fond dans la bouche pas dans la main. Franchement, ça aide pas mal. C'est bien mieux que les fleurs, même si, quand tu te réveilles avec un bouquet à côté de toi, tu te sens vivant.

Quand je suis rentré chez moi, les chocolats ont rythmé mes journées. Je ne pouvais pas bouger. Un petit Ferrero vers 10 heures pour lancer la machine, une douceur pralinée après le repas de midi, quelques M&M's vers 17 heures pour accompagner le soleil dans son déclin. Et enfin, vers 22 heures, un chocolat plus geoibourg, genre Lindt, pour m'aider à affronter la nuit.

Le chocolat avant de dormir était un rituel, depuis des années. La discipline alimentaire que réclame le rugby de haut niveau permet peu d'écarts. Mes quelques carreaux de chocolat avant de dormir étaient déjà le petit kif du soir.

Dans ces semaines sur le fil du rasoir, il fallait renouer avec la vie normale.

Aujourd'hui, on a fini les réserves. Il y en avait une quantité énorme. Bon, on a été bien aidés par tous les potes, les cousins à la maison en permanence. Mais ça marque la fin d'un truc. Tant mieux.

Janvier 2017

Panthéon

On rentre du XIIIe avec mon ami Thibaud la frite. On est allés s'entraîner, j'ai pu courir pour la deuxième fois en quatre mois. La dopamine coule dans mon corps, je suis loin. Merde, comment j'ai fait pour m'en passer tout ce temps…

On s'est mis un canard laqué et deux tsingtao chacun dans une de nos cantines du Chinatown parisien. On avait des trucs à célébrer.

Maintenant, on roule dans la nuit, on arrive dans le Ve arrondissement. On fend le froid sibérien qui a investi Paris depuis quelques jours, au chaud dans sa voiture, sa bétaillère comme il l'appelle, son utilitaire rouge aux couleurs de son entreprise « Friteries De Clercq, les rois de la frite ». Les étudiants du quartier Latin connaissent bien ce logo. Ils sont habitués à prendre leur fricadelle et leur cornet moyen sauce Dallas entre deux cours sur l'existentialisme ou l'histoire de la IIIe République. D'habitude les passants montrent la camionnette du doigt avec un grand sourire, mais ce soir Paris est désert, le blizzard a chassé tout le monde. La sono à fond, Doc Gynéco et Passi, à l'ancienne, on gueule plus qu'on ne chante.

On arrive derrière le Panthéon par la rue des Fossés-Saint-Jacques, Thibaud tourne à droite vers la place des grands hommes et ouvre ma fenêtre.

« Assieds-toi là, je vais te mettre un kif. »

Je remonte la fermeture éclair de mon blouson, m'enfonce mon bonnet sur la tête et m'extirpe au grand air. Assis sur la portière par la fenêtre grande ouverte, je m'accroche comme je peux. Il fait moins 6 degrés, ça pique sévère. En deux secondes mon visage est anesthésié par le vent gelé. Il trifouille dans son téléphone pour changer la musique, j'entends les premières notes de *Let him in* de Paul McCartney avec les Wings. Il se met à tourner autour du Panthéon en chantant avec sa voix de baryton : « *Someone's knocking that door, somebody's ringing a bell* ».

La De Clercq mobile continue de tourner autour du monument, je plisse les yeux de bonheur et de froid. Je rigole, je peux plus m'arrêter, il commence à neiger, mon cœur est léger. J'entends ce fou à l'intérieur de l'habitacle qui continue de chanter en se marrant. Il se met à me gueuler des trucs que je distingue à peine.

« Alors mon Ari ! Elle est pas belle la vie ? »

Putain si, elle est belle la vie. Je regarde la façade du Panthéon, je ne vois presque plus rien, j'ai froid, je distingue quand même cette phrase sur le fronton : « À mes grands hommes, ma survie reconnaissante ».

Renaissances

On vient au monde plusieurs fois. La mamie de mon ami Bastien lui a dit ça, quelques semaines après les attentats. On avait vite compris qu'on était en effet comme des nouveau-nés. Nos existences ne sont-elles qu'une succession de vies éphémères ? La vérité sort souvent de la bouche des grands-mères.

On était ensemble le 13 novembre 2015. Bastien n'a pas été touché physiquement, mais ça revient au même. Avec Aïda, qui était là aussi, ce sont des amis de longue date. Ils ont mis les mains dans mes blessures pour contenir l'hémorragie. Ils ont vu le bras d'Alice, ma sœur, qui pendait. Et ils ont vu le reste surtout, autour de nous.

On a cherché, mais ça n'existe pas les manuels pour apprendre à vivre après l'enfer. Dans les contes, l'enfer, c'est la dernière marche. On ne sait pas ce qu'il se passe après, on en revient difficilement. Il a fallu improviser, on a dû faire au mieux. Revivre, ça s'est fait doucement. On est tous doués pour passer de la vie à la mort, on le fait tous à un moment. L'inverse est plus secret, moins répandu. J'aurais bien aimé un guide pour m'aider. J'ai tâtonné, laissé mes renaissances redonner du sens. La première a été un shampoing.

Les yeux sombres et expressifs d'une aide-soignante que je voyais tous les matins en réanimation ont été mon premier lien avec le monde. Je reconnectais avec l'extérieur en fixant son regard. Elle habitait dans la banlieue nord, j'imaginais son trajet pour venir. Le réveil aux aurores, les transports, le gris, le monde. Ce matin-là, j'ai senti l'atmosphère pesante de Paris, la peur aussi, son désespoir de me voir dans cet état et son dévouement pour adoucir ma situation.

J'étais complètement bloqué, je ne pouvais pas bouger. L'état de mon corps se dégradait, je fondais à vue d'œil, j'avais des plaques dégueulasses dans les cheveux. Elle a mis en place un stratagème pour me faire un shampoing à l'horizontale. Un peu de vie a recoulé en moi en même temps que l'eau chaude sur ma tête. J'ai crié de surprise, puis j'ai rigolé de bonheur. Je me souviens de ma voix faible, je ne pouvais plus m'arrêter de sourire. Mes yeux se sont ouverts et se sont plantés dans les siens. Elle rigolait aussi, on était deux enfants qui jouent à l'eau, moment simple devenu cadeau. Les poils de tout mon corps hérissés. Ensuite, l'odeur du savon, la sensation du propre. Changement des draps, la toilette quotidienne. Je me suis endormi en paix.

On m'a dit que j'allais être transféré à Bichat, je pensais y aller en taxi. Je ne mesurais pas la situation. J'ai vu arriver une équipe du Samu. Sur un brancard, équipé à fond, avec des tubes et des fils qui sortaient de partout, j'ai compris que c'était chaud.

Je regardais les visages préoccupés, concentrés autour de moi. J'ai senti de l'air frais après un dédale de couloirs. Il pleuvait, j'ai fait quelques mètres sans protection. Le vent froid a saisi chaque partie de mon corps. J'ai respiré fort, oui, comme un nouveau-né. Mon regard s'est perdu dans le ciel lourd, j'ai vu ces milliers de gouttes tomber du ciel. Certaines se sont posées sur mon visage. Elles ont allumé quelque chose en moi. Comme l'allumette qui enflamme le gaz dans le four, une déflagration de vie s'est propagée. Envahi d'un éclair de confiance et de lucidité. Un sentiment d'éternité. Mon cœur battait fort, je le sentais propulser mon sang jusqu'aux extrémités.

Ensuite la sirène à fond, le fourgon en esquive rapide le long de la ligne 2. À travers une vitre, je distinguais les plateformes des passages aériens. Je voyais des gens dans le métro qui nous dépassait, je pensais : « Alors la vie a vraiment continué. »

Il y a quelques semaines, j'ai repris la ligne 2. J'ai vu une ambulance passer sur la chaussée en bas. Je me suis revu le 20 novembre dans mon brancard, les yeux plissés, attentif, regardant ce qui se passait sur les passerelles de fonte. Pour ne pas m'évanouir, tenir en éveil mon corps qui finissait de fondre. J'ai fait un signe de la main. Peu importe à qui il s'adressait, il avait sûrement besoin de force à ce moment précis. Peut-être a-t-il jeté un regard vers la rame, peut-être m'a-t-il vu. Dans tous les cas, ça m'a fait du bien, c'est déjà ça.

Quand je suis arrivé dans ma nouvelle chambre à Bichat, on m'a déharnaché, mis dans le lit. L'équipe du Samu est partie. L'infirmière m'a dit qu'elle me laissait quelques instants de solitude. Les infirmières sont extraordinaires, elles anticipent tout, pleines de sollicitude. La porte s'est fermée pour la première fois, sur une semaine de transe. Mes oreilles sifflaient fort, je n'étais plus habitué au silence. J'ai tourné lentement ma tête vers la gauche, il me semblait qu'une fenêtre s'y trouvait, la lumière la trahissait. Un déferlement d'émotions vitales s'est propagé en moi.

Du dixième étage, la vue du Sacré-Cœur et l'océan des toits parisiens m'ont apaisé. Mon corps entier se relâchait. En bas, les insignes publicitaires du boulevard Ney et le XVIIIe arrondissement. Comme un cadeau personnalisé, une vue réconfortante et aimée. Je suis né à l'hôpital de Saint-Cloud, avec une vue spectaculaire sur Paris Ouest. Peut-être ne dois-je venir au monde qu'en prenant de la hauteur, en horizon dégagé.

J'ai souvent rêvé que quelqu'un vienne me chercher. Avec Bastien, on l'aurait bien fait, mettre la chaise roulante dans son van et se barrer ! Pour aller voir la mer, ou au fond d'une forêt, loin de tout ça.

Au fur et à mesure qu'avançait le mois de décembre, je faisais un classement des meilleurs conducteurs de mon véhicule temporaire. Mon cousin Bastien, l'autre Bastien, est le numéro un indétrônable. Il me poussait, veillait sur moi, faisait le nécessaire pour me sortir de la merde. On écumait les buffets chinois, on regardait des films. On rigolait. Les séances de fous rires à la limite de l'évanouissement à cause des côtes brisées. Dans les semaines avant Noël, il m'amenait à la FNAC en voiture aux heures creuses. On transformait le magasin en piste de karting. En voiture ou à moto, c'est un pilote. Le genre de mec avec qui t'as jamais peur. Il est encore plus fort en fauteuil roulant. Et dans le labyrinthe des piles de coffrets dvd, de jeux vidéo, il maîtrisait, moi je me marrais. Il frôlait les tours instables à fond sans jamais rien faire tomber. Enfin si, une fois : j'ai pris des biographies de Marine Le Pen dans la tête, ça fait mal. Il a été mon pilote, mon taxi avec la voiture de notre grand-mère. Il a été ma soupape de décompression, mon grand air.

En janvier 2016, mon ami Billel est devenu papa. La vie est revenue un peu plus en moi quand j'ai pris le fils de mon frérot dans les bras. En tenant difficilement ce petit corps contre mes cicatrices. Il était chaud et doux, ça me changeait du scalpel. On était bien, avec sa descendance. Billel avait les larmes aux yeux. Il avait eu peur, après cette nuit d'enfer, passée à espérer, à prier. Après ce vendredi matin à la mosquée de Massy, pleine à craquer.

Hier j'ai regardé des photos d'enfance. Je suis tombé sur ma bande posant en 2001 devant mon appareil jetable, toute fière devant le stade Mayol après le tournoi de Toulon. On avait 12 ans, les vrais étaient déjà là, ganaches de garnement. J'ai regardé attentivement Billel, qui pose à côté de Bastien. Il est encore plus beau qu'avant, sa droiture se lit sur son visage. Son fils est son portrait craché. Je voudrais être là si un jour il porte le maillot de rugby du club de Massy, comme son père, comme ses oncles. Quelques années après nous, il deviendra peut-être un bon joueur, on n'en sait rien. Mais il deviendra à coup sûr un mec bien.

Feinté

Je suis rentré tôt pour ma famille, je n'ai pensé qu'à eux depuis le premier coup de feu. Sans eux, je n'aurais pas tenu. Je n'aurais pas eu la force de rester éveillé. De ne pas écouter la petite voix qui me disait de lâcher. J'ai accepté tout de suite ma mort, au moment où j'ai pris la première balle. Je voulais bien mourir si ma sœur survivait. Je me souviens que je la tenais en faisant barrière de mon corps, allongé sur le côté. Je sentais que d'autres balles allaient arriver. Je rentrais ma tête le plus possible en avant, le menton sur la poitrine. Les balles de Kalachnikov font des dégâts, je le savais. Tu fais comment pour vivre après avoir reçu des morceaux de la cervelle de ton frère sur ton corps ?

Voilà, je m'arrête là dans la description de l'horreur. Mon cerveau fonctionnait à mille à l'heure. Il utilisait toutes ses capacités pour me tenir en vie dans cet enfer. Tout n'a été qu'instinctif grâce à tout ce que j'ai appris avec le sport de haut niveau. Mes réflexes, ma résistance physique et mentale. Cela m'a certainement permis d'optimiser le sens de la survie commun à chaque espèce vivante. On ne cherche qu'à survivre, les moments de danger intense révèlent cette force naturelle. Nous sommes comme des fourmis qui tentent d'échapper à la loupe des enfants sadiques.

Il fallait que je rentre chez moi. Je ne supportais plus de voir la fatigue sur le visage de mes parents, de mes amis. Je la distinguais malgré l'énergie qu'ils me donnaient. Ma mère restait coquette dans ses plus belles jupes colorées. Mon père me racontait des conneries pour m'amuser. Mais j'imaginais ce qui se passait une fois la porte refermée. J'avais hâte de leur épargner l'hôpital, les longues heures dans les transports.

J'ai demandé combien de temps j'allais rester dans le service thoracique. On m'a dit au moins quelques mois… Je voulais rentrer chez moi.

Je voulais entamer ma résurrection à domicile, sortir de l'aseptisé, sentir de près l'amour de mes proches et y puiser pour me soigner. J'ai demandé à différents soignants quels étaient les progrès nécessaires à ma sortie. Il fallait que tous les drains soient retirés et que je puisse me déplacer en béquilles.

Je ne pouvais pas redresser mon lit en position assise plus de trente secondes, il me restait deux drains, je n'étais pas rendu et je ne l'acceptais pas. Je n'ai rien dit à ma famille. Quand mon ami Étienne est arrivé en fin d'après-midi, je lui ai dit : « Tu vas m'aider, je vais me lever. » Dans ma chambre, il y avait un déambulateur. On a pris le temps nécessaire, je me suis assis sur le bord du lit. Je ne voyais plus rien. Grâce à ses bras experts, je me suis levé sur ma jambe valide. Quelques secondes ont suffi. La chambre s'est mise à tourner, une sueur froide m'a envahi le visage, j'étais en nage. Je suis retombé sur le lit, j'ai dormi jusqu'au soir.

La nuit, je me suis relevé, seul, avec l'aide du déambulateur, en prenant le temps. J'en tremble encore en y repensant, c'était une folie. Je devais m'envoyer un message fort. Je devais reprendre le contrôle de mon corps, de ma vie. Des drains pendaient de mes côtes, tiraient sur les points de suture. J'ai fait les deux mètres qui me séparaient des toilettes, tout doucement, en contrôlant la douleur hallucinante, l'énergie et la lucidité fluctuantes.

Il y avait un miroir, je me suis vu pour la première fois. Je ne me suis pas reconnu, j'étais gris, la barbe naissante, le visage creusé, la peau tombante. J'avais perdu treize kilos, voûté et instable sur le déambulateur, des pansements de tous les côtés. J'ai enlevé celui fixé sur le sternum. C'était comme une fermeture éclair, avec une agrafe à chaque millimètre, du cou jusqu'au nombril. Je me suis regardé dans les yeux à travers le miroir et je me suis parlé à moi-même de ma voix faible : « De toute façon, maintenant c'est comme ça, donc ferme ta gueule. »

Ensuite, j'ai pissé tout seul, assis, sans pistolet. J'avais repris le contrôle. Je me suis mis dans mon lit, dangereusement. Je respirais fort, harassé comme après trois matchs d'affilée.

La responsable du service qui faisait la tournée matinale des patients mettait des talons. Je l'entendais passer de chambre en chambre, j'étais dans l'avant-dernière.

Le bruit de ses chaussures trahissait sa progression. J'avais environ quinze minutes entre le début de sa ronde et son arrivée dans ma chambre. De mon bras valide, je rangeais mon lit du mieux possible. Je me jetais un peu d'eau dans les mains, je me frottais le visage pour avoir l'air frais. Je me redressais quand elle arrivait au patient qui me précédait. Je me recoiffais, préparais mon meilleur sourire et quand elle entrait, je lançais un « bonjour » avec le plus d'énergie possible.

Après, j'étais parti pour une série de petits mensonges. Je disais que tout allait bien, que j'avais bien dormi, que je n'avais presque plus mal etc. Je voyais qu'elle hallucinait, j'en rajoutais.

À sa sortie, je tombais de fatigue, je me rendormais en quelques secondes. Je mettais ensuite vingt-quatre heures à récupérer de cette comédie.

Deux jours après, Étienne est revenu. Il est allé chercher des béquilles dans une salle vide. Et doucement, tout doucement, je me suis relevé. Il tenait la valise à drains et les perfusions, et moi, j'avançais à mon rythme, sans pression. On est allés dans le couloir, j'ai fait un petit tour. La kiné est sortie d'une chambre, m'a regardé sans être sûre de comprendre, elle a failli défaillir. J'étais en pleine difficulté, je luttais pour ne pas tomber dans les pommes à chaque mouvement, mais je souriais : « Ça va, ça va, tranquille, je gère ! »

Elle m'a ramené à mon lit. Le lendemain matin, on m'a enlevé mon dernier drain. La responsable est passée faire sa tournée. Je lui ai dit que, maintenant que je n'avais plus de drain et que j'avais marché en béquilles, je voulais rentrer. Elle m'a regardé longuement, m'a sondé intérieurement. « OK, je vais en parler avec votre chirurgien. » Le soir, je suis rentré chez moi. Mes parents, ils n'ont rien compris, mais ils étaient contents. Et inquiets aussi. J'étais censé rester des mois à l'hôpital. Je suis rentré à la maison douze jours après les attentats. J'ai feinté tout le monde.

À la maison, après quelques jours difficiles, ma récupération a été exponentielle. Mon corps était bloqué, tout se passait dans la bouche. Mon père me préparait ses spécialités, j'ai retrouvé de l'appétit. Sans mes proches, j'aurais dû commander des repas tout préparés, livrés à domicile, genre le Petit Forestier, ça aurait senti le sapin. Heureusement que j'étais bien accompagné pour tous ces actes quotidiens. Dans le cocon d'amour tissé autour de ma sœur Alice et moi, terreau fertile pour une renaissance, on a tout doucement repris pied.

Avant les attentats, je savais que je possédais un fort instinct de survie, une sorte de sixième sens qui m'a toujours permis de voir venir les choses négatives pour ma vie et de m'en extirper. Un peu comme un serpent, je suis capable de disparaître rapidement, sans regarder en arrière. De quitter des gens, des situations, de changer de voie et de prendre des décisions rapides, même si elles sont importantes et lourdes de conséquences. Je suis capable de bifurquer, recommencer à zéro.

J'étais conscient de cette capacité avant les attentats, désormais c'est une certitude, mon instinct me veut du bien. Il a été capable de me guider dans le brouillard total, de trier, de classer dans mon cerveau des informations que je n'avais pas analysées ni même enregistrées. Puis de les ressortir au moment voulu. C'est un filtre, ou une sorte de majordome. Un manager qui encaisse pour moi et gère les moments de crise. Mon instinct de survie est mon ange gardien. Il m'a permis de sauver ma sœur dans le feu, de me sauver dans le sang. De traverser ces mois sans sombrer dans la folie.

Pour avancer, je me fie à mon blair judicieux, je l'écoute. Avant de raisonner, je tente d'analyser ce qu'il se passe dans mon corps en me mettant en situation. En ce moment, on me demande de donner des interviews, d'aller sur les plateaux de télévision. Alors j'écoute mon corps. Si je sens mon ventre se contracter, ou un léger malaise, alors ça sera non. Mon instinct travaille pour moi, il n'est pas perturbé par l'ego, la cupidité, l'ambition. Mon instinct est pur, animal, je me fie à lui comme à un ami.

Notti Bianche

Même dans mon lit, je passe plus de temps éveillé qu'endormi. J'ai besoin d'années entières de sommeil, de faire la momie.

Une nuit à attendre, penser, ressasser, c'est long. Comme lire la carte d'identité d'un pote malgache. Comme la ligne 8 du métro, du premier au dernier arrêt.

Interminable même, comme un match sous la pluie en Février, les rotations d'une toupie que l'on fait vriller.

Comme une vie que l'on gâche.

Les nuits d'hôpital sont terribles, sans filtres, sans toutes les barrières que mon esprit a édifiées ces derniers mois pour me permettre d'avancer : ne pas trop penser, ne pas prendre conscience de ce que j'ai vécu. La nuit, je suis nu. Je dors un peu, passe le reste dans une léthargie malsaine. Je sens les muscles de mon corps qui fondent, surtout ceux de mon dos, que la position allongée fait rapidement disparaître. J'ai mal mais je ne peux pas bouger, ou très peu. Mon crâne est sur le point d'exploser, mes yeux semblent sortir de leurs orbites. Une sensation générale de mal-être, d'inconfort terrible. Et surtout des pensées incontrôlables. Des idées qui me font parfois peur, après quatre ou cinq heures de tempête cérébrale, je me pose même la question de la folie. Suis-je dedans, est-ce que je rêve ? Suis-je en train de passer de l'autre côté ? Cette nuit, après trois heures de sommeil et un réveil en catastrophe, quinze secondes pour me rendre compte où j'étais, j'ai vraiment cru basculer. J'ai compris les gens qui en arrivent à se suicider.

En réanimation, il m'est arrivé une fois de craquer. En me murmurant à moi-même : « J'en peux plus. » Ces quelques secondes de lâcher-prise, à l'abri des regards, m'ont permis de tenir les mois suivants.

Je n'avais jamais connu de vrais maux de tête, les céphalées dans le langage médical. Je crois désormais avoir compris exactement toute l'ampleur de ces douleurs. Je les ai connues lancinantes, par vagues successives, mais jamais absentes. Elles avaient atteint un degré tel que je ne pouvais plus ouvrir les yeux, ne tolérais plus aucune lumière. Je ne pouvais plus bouger ma tête, même de quelques degrés, le moindre bruit me transperçait les tempes comme un vérin. Diffusait son mal comme un venin. Des paroles de chansons ne me quittaient jamais, revenant en boucle. Alpha Wann résonnait dans ma tête : « Ce monde part en live, j'te l'apprends pas… aux quatre coins du globe, c'est coups d'État et attentats. »

Les maux de tête étaient au-delà de ce que je pouvais imaginer. La cause en est la perte massive de sang, mêlée à une péridurale ratée, créant une dépression méningée dans mon cerveau. Plus le cocktail impressionnant d'intraveineuses. Neuf journées entières de migraines continues. Les premiers jours, les intraveineuses de caféine ont permis une légère embellie, mais elles m'empêchaient de m'endormir, ce qui empirait mon état et donc les céphalées.

Les médecins ne comprenaient pas l'intensité de ces douleurs. Je les voyais dubitatifs, ne sachant plus comment s'y prendre, et cela me faisait peur. J'ai passé un examen pour vérifier si des morceaux de balle logés dans mon cerveau n'avaient pas fait des dégâts. Il s'est révélé négatif. Je garde quelques souvenirs de cette « expédition » vers le scanner. Des images faibles, peu précises, comme une vieille diapositive qui a traîné dans la poussière.

Le jour je résiste, la nuit je vois des tissus.
Si tu savais les draps qui recouvrent les corps.
Décor post-enfer, découvrant ces vies ajournées.
En journée je lutte, le soir je crois en une issue.

Batignolles

La plupart des spécialistes que je vois régulièrement travaillent autour des portes nord de Paris. L'hôpital où j'ai passé le plus de temps, Bichat, est situé à la porte de Saint-Ouen. J'ai donc beaucoup roulé sur le périphérique nord. Je suis passé au moins une fois tous les quinze jours au niveau de la porte de Clichy où j'ai pu mesurer l'avancée de la construction de l'immense bâtiment des Batignolles qui accueillera la future Cité judiciaire de Paris. C'est un monstre architectural, un vaisseau de béton devenu au fil des mois vaisseau de verre. Malgré son imposante carrure, que l'on voit de partout, c'est beau, aéré. Il a commencé à sortir de terre début 2015, mais de novembre 2015 à février 2016, je l'ai vu prendre de la hauteur, grimper vers ses 160 mètres.

C'était comme un rendez-vous, j'étais heureux de le retrouver.

À chacun de mes séjours à Bichat, après quelques jours alité, je pouvais l'admirer dès que je recommençais à marcher. Je souriais bêtement du haut de mon dixième étage en tenant les tuyaux des drains et des perfusions, le regard vitreux et le teint grisâtre. J'y allais toujours au moment du coucher de soleil. Il se trouve exactement à l'ouest de l'hôpital et retrouver sa grande carcasse dans les couleurs du soir était un moment intense.

Ce bâtiment est le témoin de ma récupération physique et je suis le témoin de sa construction. Je me sens lié à lui, dans une connivence médico-architecturale.

Il existera sûrement longtemps après moi. Je pourrai le contempler toute ma vie. Chaque fois que je passerai dans le coin, je me reverrai maigre et fragile, les yeux creusés, le casque audio sur les oreilles, allant découvrir, inquiet, les résultats d'un scanner ou d'une analyse. Cette tour est mon église et ma hantise. Tel un repère bancal, c'est ma tour de Pise.

Egotrip

On me demande pourquoi je n'ai pas écouté les docteurs. Pourquoi je n'ai pas pris tout le temps nécessaire pour me soigner, et passer à autre chose. Le miracle d'être en vie aurait dû me suffire, non ? Voici pourquoi j'ai agi ainsi. Voici mon egotrip.

Je fais ça pour tous les gens qui sont morts. Par respect à leur mémoire. Pour tous les gens qui ont été touchés pas loin de moi et pour leurs proches aussi. Je veux penser à eux sans honte. J'étais là, abîmé mais entier, et je n'ai pas lâché. Le respect, ça se mérite. Chaque goutte de sueur que je verse depuis des mois, chaque grimace de souffrance est ma façon de leur rendre hommage. Pour mon orgueil, pour leur honneur. Ai-je le droit de parler de ceux qui ont eu le malheur de mourir.

Je dois boucler la boucle. Je dois revenir sur un terrain, ne serait-ce qu'une minute. C'est mon honneur qui est en jeu. Je dois toute ma carrière à mon mental. Je n'ai aucune qualité naturelle. Je ne suis ni grand ni costaud, je n'étais ni rapide ni endurant. J'ai juste travaillé dix fois plus pour m'offrir ce que j'ai vécu. Je décide seul de ce qui se passe dans ma vie. Abandonner n'a jamais été envisagé. Par fierté et par peur des regrets, une fois devenu âgé.

Quand j'ai commencé le rugby, à 10 ans, j'ai décidé que je serais professionnel. Je m'en suis donné les moyens, j'ai tout sacrifié pour atteindre mon objectif. En sixième, j'avais entendu parler du lycée Lakanal qui hébergeait le pôle espoir rugby. Une sorte de précentre de formation, dépendant de la fédération. Moins de huit joueurs y sont pris par génération pour la durée du lycée. La sélection est drastique, élitiste. J'ai juré que j'entrerais à Lakanal.

Je me rappelle très peu mes années collège, j'étais comme possédé par cette idée de réussite. Élève moyen mais curieux, je suis vite devenu un volontaire parfait. Sérieux, scrupuleux, assidu. Je travaillais dur dans la journée au collège pour pouvoir m'entraîner au maximum le soir et le week-end. Je n'avais pas le temps pour les embrouilles, les potins, j'étais ce mec cheulou qui passe sa vie à la bibliothèque et ne se préoccupe pas des meufs. Le moindre quart d'heure de libre me permettait d'avancer sur mes devoirs. Mon ami Paulin me suivait dans mes délires. On jouait ensemble à Massy, mais on allait dans la même classe au collège à Verrières-le-Buisson, une ville tranquille et assez bourgeoise sur les hauteurs de Massy. Nos parents avaient pensé qu'il était préférable pour notre scolarité de ne pas nous inscrire dans les collèges de Massy où étaient tous nos amis du rugby. Je les remercie tous les jours de cette décision. Ça aurait été drôle, mais peu favorable à mes études.

On rentrait en bus, les devoirs faits pendant la récréation et l'heure de la cantine. On se changeait et on se retrouvait sur un petit terrain de sable défoncé. On partait courir, on enchaînait les passes, les coups de pied, des un contre un pendant des heures. On se connaissait par cœur alors il fallait toujours inventer des nouvelles feintes, des nouveaux pas.

Le soir, je repartais tout seul. Même sous la pluie, même l'hiver, j'allais m'entraîner. Je trouvais toujours des exercices pour progresser. J'ai grandi à côté de la gare de RER B de Massy-Palaiseau. Matin et soir, la passerelle au-dessus des voies est empruntée par ceux qui vont travailler à Paris. C'était mon lieu d'entraînement préféré. En pleine heure de pointe, j'allais courir au milieu des gens le long des 200 mètres de la passerelle. Le but était de la parcourir le plus vite possible en esquivant la foule d'individus pressés. Pour eux, c'était insupportable : je me faisais insulter. J'étais ce sale gosse avec son crâne d'œuf et ses dents cassées qui courait à fond, en trouvant le meilleur espace pour se faufiler. Je travaillais ma vision, mes appuis.

Je m'entraînais à Noël, le jour de l'an, le jour de mon anniversaire. Si je trouvais trois mètres carrés de libre, je faisais des pompes, si je trouvais une branche, je faisais des tractions. J'utilisais les arbres de mon quartier comme poteaux de rugby. Je traversais Massy en bus à 8 heures du matin les dimanches, le lendemain des matchs, pour aller sur le terrain et m'entraîner en face des poteaux avec mes ballons pourris. J'écoutais *Revoir un printemps* d'IAM dans mon walkman et je regardais la ville se réveiller. Les soirs de canicule, je partais courir tard le soir. Je croisais des potes, je les saluais de loin, en nage. Ils criaient : « Mais putain Ari, mais kestufais ? Arrête d'être cheulou, steuplait ! »

Mes parents m'ont donné une grande liberté. Je prenais les transports tout seul dès l'âge de 12 ans, et ils me laissaient plonger dans mes délires d'exploration à pied ou à vélo. Mon père m'accompagnait souvent sur les terrains, dans des séances de jeu au pied qui pouvaient durer quatre heures si je n'étais pas content de moi. Une adolescence pas vraiment normale, mais j'étais heureux. Je travaillais dur et ça payait. C'était grisant, je me sentais en accord total avec moi-même. J'en ai tiré beaucoup de fierté, de satisfaction et cela m'a construit.

Le pari long et fou gagné, j'ai été pris à Lakanal après une succession de tests et de sélections. J'avais réussi à devenir un bon élève et à entrer dans cet établissement réputé d'Île-de-France. Ensuite, les équipes de France junior, les premiers contrats pros.

J'avoue que si la brigade contre la vanité lit ce texte, je prends perpète.

Pendant un an et demi, après les attentats, je n'ai rien voulu lâcher pour ne pas faire honte à ce petit mecton qui courait après son rêve.

J'ai fait cela pour moi, pour mon passé et pour mon futur. Je l'ai fait par fierté, par orgueil, personne ne décide pour moi. Je voulais choisir seul le moment de raccrocher les crampons. Depuis tout petit, je me suis forgé dans le travail et les rêves que je tentais de réaliser en m'en donnant les moyens. J'ai dû travailler plus que les autres pour m'offrir ce que j'ai vécu. Je dois respecter qui je suis. Peu m'importent les douleurs, peu m'importent les difficultés. Je dois au moins essayer.

Je n'ai aucune idée d'où je me trouve, je ne sais pas où je vais. Je n'ai besoin de personne pour avancer, personne pour me pousser. Mais je me sens plus vide qu'une maison prenant la poussière. Tellement perdu qu'on devrait m'appeler Petit Poucet. Il paraît que la confiance ne peut venir que de soi. Ça me fait simplement du bien d'écrire tout ça.

Cécile

Je me suis vite habitué aux grands yeux embués des gens qui me voyaient dans mon fauteuil roulant, avec treize kilos en moins et trois trous de balle en plus. J'ai retrouvé ma grand-mère Cécile deux mois après les attentats. Comme d'habitude, on a beaucoup parlé. Elle m'a raconté l'histoire de son père Adolphe, devenu Alfred quand Hitler a pris le pouvoir. Sa blessure en 1914 dans les tranchées et sa vie de grand invalide de guerre. Elle m'a raconté son enfance de fille unique, au milieu des gueules cassées. Les anciens camarades de son père aux visages arrachés, aux membres manquants, qui venaient manger chez eux, le dimanche midi.

Les attentats l'ont remuée comme peu de gens autour de moi. Un soir, elle m'a dit : « En te voyant arriver comme ça, je me suis sentie triste. Cent ans après que toute une génération d'hommes en Europe et dans le monde est allée se faire casser la gueule bêtement. Tout ça pour en arriver là, que tout recommence, que des jeunes tuent d'autres jeunes pour rien. »

30 décembre 2015

Night Squad

Après mon retour de l'hôpital, chaque fois qu'on devait sortir avec le fauteuil roulant, avec mon amie Aïda, on rigolait pas mal à cause du regard des gens sur moi. Mes parents ou elle devaient me transporter à travers Paris pour les différents rendez-vous. On prenait le RER B de Massy à Paris, on descendait à Saint-Michel et on prenait un taxi en sortant de l'ascenseur de la rue Xavier-Privas. En s'organisant bien, c'était plutôt facile. On évitait les heures de pointe, chaque geste était rodé. Ma blessure la plus apparente était celle de mon pied, entourée de bandage dans une gouttière en résine. Ce n'était pas la pire, mais le reste ne se remarquait pas. Je suis sûr que certaines personnes pensaient : « Ah le bidon, il s'est cassé le pied et il se déplace en fauteuil roulant… » Ça nous faisait rire, on imaginait leur réaction si j'avais levé mon pull.

Un jour, en janvier, j'en ai eu marre de cette immobilisation. Je n'avais jamais pu rester enfermé plus de deux heures. Là, après deux mois, ça commençait à faire trop long. Aïda habitait la plupart du temps chez nous à Massy. On a pris un taxi et on est partis chez elle, dans le XIIe arrondissement. Elle me baladait en fauteuil dans son quartier, on se calait dans des bistrots. On avait perdu notre QG de la rue de Charonne, le Pause Café. Impossible d'y retourner. Avec Aïda, on s'y était retrouvés le soir du 13 novembre, avec Alice, Bastien et Laura. On se retrouvait pour la première fois depuis longtemps, on était bien. On avait sélectionné cinq endroits différents pour dîner. Le Petit Cambodge était notre dernier choix, mais on a fini par y aller.

Après les attentats, il a fallu trouver d'autres repères. À l'extérieur, on n'arrivait même pas à se regarder dans les yeux, on scrutait chaque allée et venue, chaque passant dans la rue. C'était dur, souvent on rêvait de se barrer et de rentrer chez elle, mais on tenait. On voulait casser la peur, l'affronter, pour ne pas la traîner toute notre vie.

Les sorties à Paris étaient des moments de libération. Les journées d'hiver dans la lumière claire, et l'air qui me glaçait sur mon fauteuil. Ça faisait du bien de s'endimancher un peu, malgré les moments d'angoisse terribles. J'avais plusieurs rendez-vous par semaine pour des scanners, des visites dans les hôpitaux, chez des spécialistes. Au 36 quai des Orfèvres, j'ai tenu à monter tout en haut. Même sans ascenseur, je voulais voir les fameux bureaux sous les combles.

Je ne pensais jamais à la fatigue, aux difficultés à me déplacer dans mon état. Je pensais que j'allais respirer Paris. Qu'à travers la vitre du taxi, je me reconnecterais avec mes rues, mes arrondissements.

Le 30 décembre 2015, j'ai retrouvé mes amis d'enfance : Bastien et Étienne. On devait juste se voir et boire un verre, manger un grec. Avec Bastien, on était dans la rééducation à la vie publique, on n'a pas poussé et on est restés à Massy, place de France, à l'ancienne. Mais on a bu une bière, puis deux et trois. On n'avait pas prévu un ouragan pareil. Je ne tiens pas du tout l'alcool. Je n'ai jamais trop bu et, dans cet état, mon corps fragile n'a pas bien supporté. J'étais fou, j'essayais de les convaincre d'aller à Paris, rejoindre nos amis. Si on ne le faisait pas, on allait commencer à devenir sages, et se raconter nos vieilles conneries. J'étais en pleine chauffante.

« Mais merde, on a 25 ans, on va pas s'enterrer comme des bouffons. On va continuer à faire des trucs qu'on pourra se raconter bien plus tard. Sinon ça servait à rien de rester en vie. » Je les ai pris aux sentiments.

L'alcool, depuis les attentats, ça me fait peur. Il se passe un truc dément en moi. Je perds la tête, ma folie prend le dessus sur tout le reste. J'ai envie de faire des conneries. Je lutte pour ne pas prendre le premier transsibérien. Sans billet retour, sans valises, sans destination précise. Je serais capable de n'importe quoi juste pour faire rire mes gars. N'importe quelle bêtise, peu importe les éventuels dégâts.

On s'est retrouvés sur l'A6, puis le périph, direction le XIIe. On avait rendez-vous avec Arthur qui avait commencé le rugby à Vincennes, puis nous avait rejoints au Rugby Club Massy Essonne à 15 ans. Une saison et un titre de champion de France plus tard, on est devenus inséparables. Arthur et moi, on a dû marcher quelques milliers de kilomètres dans la capitale. Il m'a amené dans des soirées sur les toits de Belleville, m'a fait découvrir le Père-Lachaise et le jazz. Le peu de temps libre que j'avais, je le passais avec lui à arpenter Paris, à découvrir tout ce qu'on pouvait. Une curiosité insatiable et un fourmillement intellectuel. Arthur est un mec brillant, il finit son internat de médecine en imagerie interventionnelle. Le soir du 13 novembre, il sortait de l'hôpital et a rejoint un ami pour voir le match de l'équipe de France de foot. À côté de chez lui, il y a deux bars où il a ses habitudes, La Belle Équipe et En attendant l'or. Ils ont choisi le second : il n'y a pas de télé à La Belle Équipe.

Ce soir-là, j'avais besoin de lui, besoin de me retrouver dans ma peau d'adolescent, innocent, loin des visions de rues en sang. Avec ces trois gars sûrs et Matthias « Sunshine », on avait traversé les hauts plateaux du Vercors à 18 ans. On avait tout connu dans cette aventure, mais surtout la vraie soif. Les sources qu'on avait ciblées pour notre ravitaillement étaient taries. On se levait à 5 heures du matin à cause de la soif et pour avancer plus facilement à la fraîche. On se soutenait et on prenait les bonnes décisions ensemble, sans paniquer. Il a fallu avaler deux étapes en une matinée pour trouver une source qui coulait. On était au bout du bout. Ça devenait critique, il faisait une sacrée chaleur et on n'avait pas bu depuis la veille à part deux gorgées chacun dans la nuit. On commençait tous à penser à appeler les secours, mais on ne se l'est dit qu'une fois sortis de la merde.

Quand tu vis des trucs comme ça, tu prends confiance. En toi-même, mais surtout en tes amis dont tu connais les qualités dans les moments extrêmes. Pour Bastien, ça s'est répété le 13 novembre, entre 21 h 30 et 2 heures du matin, entre la rue Bichat et l'hôpital Saint-Louis. Il a assuré, il a eu les réflexes parfaits, froids, précis. Avec Aïda et Laura, son amoureuse, ils ont su me tenir en vie, s'occuper d'Alice.

Aux premiers bruits de tirs, Bastien avait instinctivement fui en attrapant Laura. Mais elle était tombée, pas très loin d'Alice et moi. Il s'en est rendu compte et a fait marche arrière. Les balles pleuvaient de partout et il est venu la chercher, il l'a relevée et l'a aidée à s'enfuir. Il est ensuite revenu, les tireurs étaient partis, il a été le premier à revenir dans cette scène de cauchemar. Il m'a appelé, son cri est gravé en moi, je sais que je ne pourrai jamais le faire sortir.

Il paraît qu'on voit la valeur des gens sous la pression, dans des moments extrêmes. Je sais une chose sur mon ami. Même sous le feu et au milieu des balles, il ne blague pas, ne laisse jamais tomber ceux qu'il aime.

Ce soir de fin décembre, Aïda et Thibaud la frite nous ont rejoints. On a fait quelques bars dans les rues vides. J'ai calmé le rythme. On avait laissé le fauteuil roulant dans la voiture, je montais sur les épaules des mecs à tour de rôle, 200 mètres chacun. Je dominais l'asphalte, mes béquilles dans la main. On était fous, on faisait n'importe quoi. Il fallait revivre, enlever ces chaînes imaginaires. Ce poids sur les épaules, sur la nuque. Six semaines seulement après les attentats, la ville était encore marquée. Le calme était apparent, mais Paris ne peut pas me mentir.

J'aurais dû être à l'hôpital pour encore de longs mois, et je me retrouvais trimballé par les miens, d'épaules en épaules dans l'Est parisien à 3 heures du matin, de l'alcool dans le système sanguin. Si j'étais tombé, j'étais marron, je repartais au bloc directement. Mais je n'y pensais pas, je croyais qu'avec ma bande je pouvais aller au bout du monde. On a claqué le macdal à 4 heures du matin à la porte de Vincennes et on est rentrés dans notre banlieue sud pour une réadaptation plus douce, cachés derrière des tours immenses. En gardant précieusement en nous cette nuit intense.

J'ai mis deux semaines à m'en remettre, au fin fond de mon lit, le corps en morceaux, mais le sourire aux lèvres. On avait vécu une nuit qu'on pourra se raconter quand on sera devenus sages.

Mes anciens

Mon arrière-grand-père Adolphe-Alfred s'est engagé dans la coloniale du général Lyautey en 1912. Fils de paysan du fin fond du Puy-de-Dôme, il était le petit dernier d'une grande fratrie. À la mort de son père, il n'avait hérité que d'argent, mais une belle somme. 3 000 francs-or, ce qui représentait une petite fortune pour un jeune homme n'ayant connu jusque-là qu'une vie rude. Il a tout claqué en deux ans.

« Il a fait la java », m'a dit ma grand-mère.

Il rêvait d'aventure. Après quelques mois en garnison à Rochefort, il est parti au Maroc. Quand la guerre a éclaté, la 3e coloniale s'est mise en action. Alfred était caporal d'une division de tirailleurs sénégalais, soit l'homme de rang qui commande une escouade, le premier grade de sous-officier. Dès les premiers combats avec ses hommes, ils se sont retrouvés dans l'enfer, en première ligne. Mon arrière-grand-père a été très vite touché en tentant de dégager ses hommes. Il est monté sur un parapet pour sortir des blessés et a pris un morceau d'obus dans la tête.

Il a été laissé pour mort dans la boue. Trois jours après, des soldats allemands l'ont ramassé et il a été soigné. Lors d'un échange de prisonniers, il a été rapatrié en France. On lui a annoncé qu'il passerait sa vie dans un lit et ne bougerait plus jamais aucun membre. Il ne pouvait pas non plus parler.

Dans les mois qui ont suivi, les médecins de garde le retrouvaient toutes les nuits dans une position différente, puis par terre, tombé du lit. Plus le temps passait et plus la relève du matin le ramassait loin de son lit. Les médecins ont alors mis en place un programme de rééducation poussé. En quelques mois, il a appris à utiliser ses bras et a pu marcher avec un déambulateur. La parole est vite revenue. Les docteurs l'ont interrogé sur son activité nocturne des premiers mois. Il leur a expliqué qu'il allait dans le couloir de l'hôpital militaire pour trouver la salle des équipements. Il cherchait un pistolet pour se buter et sortir d'une vie qu'il n'acceptait pas.

Ma grand-mère Cécile, sa fille, a fait le parallèle. Elle comprenait vraiment ce qu'on vivait avec Alice. On essayait d'en rigoler, elle me disait : « Au moins, dans la famille on sait qu'on est des costauds. »

Alfred s'était offert la possibilité d'une vie en tentant de se donner la mort chaque nuit. J'ai lutté pour rester du côté des vivants, pour ne pas tuer ma famille et mes amis.

Mon arrière-grand-père a fini par marcher avec une seule canne puis deux. Ensuite, de ses 40 ans jusqu'à la fin de sa vie, il a vécu en fauteuil roulant. Je ne l'ai pas connu, mais il m'a toujours impressionné. Chez ma mamie, je regardais ses photos, et surtout sa Légion d'honneur, dans un coffret au milieu d'autres médailles. Pendant les longs étés que j'y passais, elle me racontait son enfance, pendant l'occupation nazie. Malgré son handicap, son père avait été résistant. Les soldats de la Wehrmacht respectaient les invalides de guerre, ils ne le fouillaient jamais et lui faisaient le salut nazi quand il leur montrait sa carte d'ancien héros de 14-18. En fait, il alimentait en messages et en nourriture tout le maquis autour de Clermont-Ferrand grâce à la voiture qu'il avait achetée avec sa rente d'invalide. Il ne pouvait pas conduire, c'est mon arrière-grand-mère Suzanne qui le guidait sur les routes du Puy-de-Dôme.

Mon grand-père maternel, Robert Cheval, a travaillé toute sa vie dans les hauts-fourneaux de la régie Renault. En face de l'île Seguin, il était dans la fournaise, dans « l'enfer de Dante », comme dirait sa femme, ma grand-mère Christiane. À la retraite, avec son pécule d'ouvrier, il s'est acheté une petite maison de village dans l'Yonne. Pour pêcher, oublier le feu et les trois-huit. Il n'a pas eu beaucoup de temps pour en profiter, il est mort rapidement. La famille a gardé la maison. J'ai passé des étés entiers avec mes cousins dans cette maison miteuse. Une communauté familiale, on était jusqu'à seize. On vivait entre cousins, ma grand-mère en reine mère autoproclamée, les après-midi dans les rivières ou dans les bois. On inventait un nouveau jeu par heure, on trouvait un nouveau coin à explorer par jour. Et des milliers de conneries à la minute.

Le vendredi, on allait chercher mon père à la gare du village d'à côté. En fin de journée, j'admirais les couleurs du ciel au-dessus des champs de blé. Le train d'un autre temps s'arrêtait difficilement, on courait sur le quai en cherchant mon père des yeux. Le dimanche soir, on le ramenait.

Ce coin oublié a été notre paradis. Mais on était différents des enfants du village. On venait de la banlieue parisienne, nos voitures étaient immatriculées 91, 78, 92. Celles que les gens du coin voyaient au journal télévisé. Ma grande cousine Audrey organisait des chasses au trésor, le soir, ma mère nous lisait des contes. Mais on gardait la casquette à l'envers et nos maillots du PSG. On était pour eux les délinquants, les brûleurs de voiture, alors on les appelait les bouseux, même si nos parents nous interdisaient de parler comme ça. C'est facile de détester quand on ne connaît pas.

Quand on arrivait quelque part, un grand silence se faisait, on n'était pas les bienvenus. J'ai compris ce qu'était l'exclusion par le regard, le mépris par l'attitude. Ce que je vivais quelques semaines dans l'année, d'autres le vivaient sans arrêt. Ils nous pensaient vauriens, on en rajoutait. C'est facile de jouer le rôle qu'on t'a attribué.

La maison a été vendue en 2005, il fallait refaire la toiture, on n'avait pas les thunes. Elle nous avait donné des fenêtres sur la forêt dans des années bétonnées. On se réveillait avec le chant des tourterelles, on se couchait avec les cloches de l'église. Mon grand-père est enterré derrière, dans le cimetière. Mon oncle Frédéric a déposé sur sa tombe une brique des fonderies de la régie Renault. Il est allé la chercher au moment de la destruction de l'usine. La souffrance de ces hommes est inscrite dans la pierre qui les entourait. La nuit, il faisait des cauchemars, l'enfer le suivait jusque dans ses songes. Il fallait bosser pour survivre, et peu importe le mal qui ronge. Ce qu'il aimait dans son travail, c'étaient ses copains. Comme un syndrome de Stockholm façon turbin.

Ma grand-mère Christiane, sa femme, a travaillé très jeune comme ouvrière dans les ateliers du matériel téléphonique à Boulogne. Puis dans les cantines ouvrières de l'île Seguin, elle servait les repas aux ouvriers. Elle a ensuite intégré les ateliers sur la chaîne de montage, aux barres de traction, avant de finir sa carrière dans les bureaux à rembourser les notes de service des commerciaux. Mon sang est celui des laborieux qui luttent et qui ne lâchent rien. Je ne peux pas les renier. Ce sang me donne de la force.

Je suis fier aussi de mon grand-père paternel, Gérard Barraud, fils de paysan de la Creuse devenu ingénieur nucléaire. À sa mort, trop jeune, ma grand-mère Cécile a dû assurer, avec ses sept enfants. Aller à l'usine, cumuler les petits emplois et faire front. Je porte leur sang, je porte leur nom.

L'Aquila

À mon changement d'hôpital, Thibaud m'a apporté une tablette avec de la musique. J'avais le choix, je pouvais écouter n'importe quoi. Il l'a posée à côté de mon lit, en me disant « au cas où ». Un soir, en regardant Paris s'obscurcir, j'ai senti ma tête plus légère. J'étais prêt à remettre des écouteurs. Le boulevard Ney en contrebas se vidait. Serein, le Sacré-Cœur siégeait sur son trône. Mon doigt a glissé lentement sur la surface de l'écran. *Ground Zero (Ode to love)* d'Abd Al Malik. C'était lourd de sens mais je l'ai fait naturellement, instinctivement. Dès les premières secondes, mon ventre et ma poitrine ont été pris de petites secousses incontrôlables. L'émotion était trop forte, trop profonde, elle devenait physique.

J'avais réécouté ce morceau deux semaines avant, dans le car, en revenant de L'Aquila. C'était mon second match dans la cité détruite des Abruzzes, une ville merveilleuse perchée sur un mont, au milieu de monts encore plus élevés, dont le fameux Gran Sasso. Ville hérisson percée de grues, elles sont des centaines, à perte de vue. Le centre est celui d'une ville fantôme, figée, un Pompéi du XXIe siècle. On y voit plus de chiens que d'hommes. Ils sont nourris mais vivent à l'écart, parmi les ruines. La nuit du tremblement de terre de 2009, ils étaient sortis les premiers des maisons et ont sauvé les gens sous les décombres. Depuis ils sillonnent le centre-ville, escortent les passants, sont les maîtres des lieux.

Pour le championnat, on arrive toujours la veille du match et on va se balader dans le *centro storico*, de nuit. La balade devient mystérieuse avec la présence spectrale des chiens dans les rues sombres et silencieuses. Ils escortent les rares passants et disparaissent parfois sous des ruines encore présentes ou dans une maison affaissée. Ils sont les porteurs d'âmes de tous les disparus de cette nuit de 2009 qui pour eux n'a jamais pris fin. L'intensité dans leurs regards nous transperce, comme s'ils tentaient de nous passer un message. Ils n'appartiennent à personne. Ils existent pour nous obliger à nous rappeler.

Lorenzo Sebastiani, pilier de l'équipe d'Italie junior et de l'équipe de L'Aquila est mort cette nuit-là. Il jouait pilier gauche et portait donc le numéro 1. Depuis, il n'y a plus de maillot 1 à L'Aquila, le pilier gauche porte le 99. On joue dans un grand stade vélodrome de 1910 avec vue sur les montagnes, devant un public nombreux et connaisseur. L'air est pur, piquant.

Pour toutes ces raisons, c'est toujours un déplacement spécial pour moi. J'aime cette ville meurtrie et trahie par Berlusconi. J'aime les gens et les joueurs de cette ville. Ils ne lâchent rien, même archi-dominés ils se battent comme des fauves. J'aime le retour dans la nuit, dans les Abruzzes puis en longeant la mer Adriatique. Dans le car, mes copains sont fatigués, nos corps amochés, les esprits apaisés par le combat et la victoire. On suit les panneaux « Venezia », on rentre chez nous. Dans ces moments-là, je me sens vivant.

À l'hôpital, j'ai sans doute écouté cette chanson pour m'aider à commencer ma seconde existence, comme je l'avais fait deux semaines avant en saluant le Gran Sasso. J'ai ensuite mis *Nirvana* de Doc Gynéco, ma chanson préférée. « Comme Bérégovoy, aussi vite que Senna, je veux atteindre le Nirvana. » La musique traversait mon corps, l'irriguait comme mon sang que je sentais couler dans mon corps. Une vague de confiance m'a envahi, une perception accrue de ma vie, une lucidité extrême. Je voulais déclarer mon amour à tous mes proches. Je continuais le refrain « Aussi vite que Senna à Imola… là-bas vers chez moi, Venezia où m'attend mon chat ». Pour la première fois, j'ai su que j'allais être heureux. Paris s'étalait sous mes yeux, je les ai fermés. J'ai souri de fatigue et de bonheur et j'ai pensé « ça va aller ».

À chaque chanson, je reconnectais avec quelque chose de ma vie d'avant, mais cela rendait la fracture encore plus douloureuse. J'ai compris à ce moment-là que plus rien ne serait pareil. Je n'ai pas pu m'arrêter, j'ai écouté de la musique jusqu'à épuisement. Pour la première fois, au plus profond de moi, je comprenais qu'une nouvelle vie commençait.

Chaque soir, mes amis m'envoyaient des SMS drôles et puissants. Je recevais des messages de Thibaud mon roi de la frite « On va la bouffer cette vie, comme une fricadelle sauce Dallas ». Bastien me faisait des déclarations d'amour. Et tous les autres que je n'oublie pas.

Ce soir-là, j'ai dansé avec les deux seules parties de mon corps que je pouvais bouger, le pied droit et la main gauche. Je riais tout seul de ma petite voix faible. J'étais bien. Je me laissais bercer par Avishai Cohen. Plus tard, dans la nuit, j'ai écouté la sélection que j'avais préparée pour la journée du 13 novembre. Je m'étais réservé un après-midi libre, seul sur mon vélo à rouler dans le nord et l'est de Paris. Je n'avais que trois jours dans ma ville avant de repartir pour de longs mois de compétition en Italie. Quand je roule, j'observe, je me nourris. Il faisait un temps sublime, j'avais ressorti mon vieux clou pourri. Celui que je peux laisser des semaines accroché dans la rue sans me le faire bébar. Je me rappelle encore parfaitement mon itinéraire. Du thé dans le soleil d'automne à Rhin-et-Danube. Des feuilles de platane dans le vent de fin de journée. Un petit garçon donnait ses premiers coups de pédale sur le bord du canal de l'Ourcq. Des têtes de mouton tournaient inlassablement dans la rôtisseuse du boucher rue de Crimée.

Dix jours après, j'écoutais les mêmes chansons. Rien n'avait changé, rien n'était pareil.

Chapelet

En juin 2016, avec Alice, Aïda, Bastien et Laura, on a fait une fête. On l'a appelée « la fête de la vie ».

On se rassemble toujours pour des anniversaires, des mariages ou des enterrements. Pourquoi ne pourrait-on pas se voir et faire une belle fête simplement parce qu'on est là ? On voulait regrouper tous les gens qui nous avaient aidés. Se rassembler et rigoler pendant deux jours.

Le *dress code* était coloré. Je voulais une chemise africaine en wax. Je suis allé rue Marcadet et j'ai trouvé mon bonheur dans la petite boutique d'un vieux monsieur d'origine africaine. Je l'ai essayée avec lui. Il a vu mes cicatrices. Il était intrigué et on a parlé. Quand je lui ai dit d'où elles venaient, il m'a offert un chapelet musulman. C'est un objet magnifique fait de perles de bois, vraiment proche de celui des catholiques. Je l'ai mis à côté de mon lit pour qu'il veille sur moi. Coincé entre une estampe de Paris, une photo de mes parents, une autre de Gabin et Bourvil dans *La Traversée de Paris*.

J'aurais voulu le porter sous mon maillot pour mon premier match de retour. La bienveillance dans les yeux de ce monsieur est mon talisman. Son regard me disait la vérité, un talisman ne ment pas.

Puzzle

Quand j'ai retrouvé mes jambes après cinq mois de fauteuil et béquilles, j'ai eu quelques semaines d'inconscience. Il fallait non seulement renouer avec la vie normale, mais aussi rattraper le temps perdu. Je ne tenais pas en place, j'étais épuisé, mais je continuais. J'étais persuadé que je retrouverais ma vie de rugbyman. Je voulais profiter de ces mois à Paris pour voir des concerts. En Italie, ça me manquait.

À Massy, on a Paul B, une salle de malade. Étienne y a travaillé comme ouvreur, Bastien comme ingénieur du son, c'est la maison. J'y ai vu un bon nombre de concerts, l'addiction a commencé là. Bastien a ensuite travaillé au Duc des Lombards, une des meilleures salles de jazz de Paris. On y allait à 15 ans le samedi soir quand on n'avait pas de match. On ne pouvait pas payer, on n'avait pas un rond. Mais la dame voyait nos gueules si souvent, avec nos meilleurs sourires, qu'elle a fini par nous laisser entrer. À l'étage seulement. On ne voyait pas, mais on entendait tout. Mais on finissait dans l'escalier pour voir, discrets.

À partir de nos 19 ans, Bastien a pu nous faire rentrer. J'y allais souvent, dans la petite régie technique avec lui. Je l'aidais à réaliser des vidéos de concert. Il y avait une manette à fondu, des boutons pour changer de caméra, j'étais aux anges. J'ai tapé la discut' avec Archie Shepp, serré la main de Tony Allen. J'ai croisé Ahmad Jamal et Avishai Cohen.

En mai 2016, j'ai fait une overdose de concerts. Je devais me sentir vivant. C'était mon élan de vie, ma façon de résister. Je ne sais même pas comment j'ai pu me retrouver dans la foule, dans une salle fermée. J'étais zinzin, parfois mort de trouille, mais je devais affronter ça. On y allait souvent en bande. Le protocole était toujours le même. Je retrouvais les amis dans la zone de la salle. Deux tequilas pour faire monter l'inconscience. On se calait sur le côté, collés à une sortie de secours. On se mettait dans le vortex et c'était parti. Quelques heures d'énergie collective, à fleur de peau, entre angoisse et lâcher-prise total. Des basses qui te font vibrer le bide. Quand l'inconscience est passée, c'est devenu plus compliqué.

Alice m'a accompagné une fois. Elle ne traversait pas la même folie, elle était terrifiée mais préférait mourir avec moi si cela devait arriver. C'est la personne la plus courageuse que je connaisse. On est allés voir

Jazzy Bazz à La Maroquinerie. Il a joué *Fluctuat Nec Mergitur* qu'il a écrit après les attentats. Je l'écoutais en décembre, bloqué dans le lit de mes parents. J'ai serré ma sœur un peu plus fort.

On avait usé son album *P-Town* tout le mois de mars. Assis bien calé, je faisais un puzzle de mille pièces. Le plan de Paris avec toutes les rues, jusqu'à la première couronne, hyper-détaillé. En posant des petits bouts de parc, de boulevard, mon esprit les arpentait. Les ambiances de la capitale m'envahissaient dès que je posais une nouvelle pièce. Le quai d'Austerlitz, l'odeur âcre des animaux de la ménagerie du jardin des Plantes. Le boulevard Arago, la vue sur la prison de la Santé. La rue Caulaincourt, magnifique, on passe au-dessus du cimetière de Montmartre.

Mille pièces éparpillées à remettre dans un certain ordre. Mille pièces intérieures pour me sentir moi-même, retrouver la concorde. La place de la Concorde, la guillotine y était installée en 1793, plus de mille personnes décapitées en une année… Vite, une autre pièce.

Décembre 2015

Après les attentats, la musique m'a tenu à flot. Si je n'avais pas eu mes écouteurs, au minimum six heures par jour, bien ancrés dans mes oreilles, je ne sais pas où je serais aujourd'hui. La lumière revenait là où tout était éteint.

Fatalité, j'avais cassé mon baladeur fétiche dix jours avant les attentats.

Mais mes amis du Rugby Club de Massy – ma première équipe, celle de la génération 1989 – se sont cotisés pour me faire un cadeau alors que j'étais encore en réanimation. Un petit oiseau leur a soufflé la perte récente de mon plus fidèle compagnon et, un vendredi soir, fin décembre, toute cette fameuse équipe a débarqué chez moi. Je n'avais pas vu certains d'entre eux depuis plus de dix ans, mais les tronches n'avaient pas changé. Ils m'ont emmené dans un restaurant de Massy, je sortais pour la première fois. Sur ma chaise roulante, la carcasse squelettique et abîmée, je me sentais vulnérable, mais j'avais confiance. Ils voulaient tous conduire ma Rolls, ils ont fait « chacun son tour ».

Entre 11 et 18 ans, on n'a pas perdu beaucoup de matchs. Je me sentais bien accompagné. Certains sont presque chirurgiens, d'autres sont restés galériens. On était bien au fond de la salle à se raconter des conneries. On s'est rappelé nos meilleurs matchs et nos pires bêtises. On a parlé de ceux qui manquaient, de nos anciens entraîneurs. De nos meilleures disquettes et des plus belles carottes.

J'avais l'impression de flotter. Tout était étrange : la beauté de la serveuse, les gens qui voulaient fêter leur fin de semaine. J'ai aussi mesuré toute l'étendue du décalage creusé entre nous. Du gouffre qu'avaient créé les attentats et des semaines entières de souffrance physique et morale. Bien sûr, eux aussi avaient souffert les semaines précédentes. Ils avaient été choqués en apprenant que j'avais été touché. Mais la vie continue et, même pour eux, elle reprenait doucement ses droits au fil des jours qui nous éloignaient de ce maudit vendredi.

réANIMAtion

Je ne me rendais compte de mon état réel que dans le regard des autres. En réanimation, je restais complètement déconnecté de la gravité de mes blessures. Je n'acceptais pas ma condition, me cachais la vérité. J'étais dans les vapes, et pas en mesure de comprendre quoi que ce soit.

Le lundi 16 novembre au matin, j'ai eu un regain d'énergie. Mon père est arrivé vers midi, je lui ai dit de ma voix faible : « Ça va mieux, je pense que demain je pourrai rentrer à la maison. » J'avais cinq tubes qui me sortaient du ventre et des poumons, une soixantaine d'agrafes réparties sur l'ensemble de mon corps. Je ne pouvais bouger que ma jambe droite et mon bras gauche, avec difficulté. On m'avait ouvert le sternum, opéré le cœur, le poumon droit, joué au puzzle avec mes côtes explosées. Une balle avait transformé ma cheville gauche en charpie, une autre avait entamé l'extérieur de ma cuisse.

J'étais appareillé, je ne me rendais compte de rien. Je ne pensais qu'aux jours perdus avant de pouvoir revenir sur le terrain. Je pensais pouvoir jouer les derniers matchs, je voulais ce titre. Je me mettais des petits coups dans les parties que je pouvais atteindre. Pour gagner du temps à mon retour sur le terrain, je ne voulais pas craindre ces douleurs.

Ce lundi, au troisième jour de réanimation, une infirmière m'a dit qu'elle allait nettoyer les plaies, changer les bandages. J'ai dit que j'étais d'accord, mais que je ne voyais pas de quels pansements elle parlait… J'en avais partout. À commencer par un énorme qui traversait toute ma poitrine jusqu'au nombril et d'autres un peu partout sur le torse, le ventre, la jambe.

Le cinquième jour, elles m'ont parlé d'un bandage sur la cuisse gauche, je le découvrais. Elles m'ont demandé si je voulais voir ou pas. J'ai contemplé une plaie transversale de la forme de la balle qui avait effleuré ma cuisse. On pouvait mettre un doigt. Je me suis dit que j'avais eu de la chance. Là c'était trop, j'ai failli craquer. Et j'ai vu une larme dans les yeux de mon aide-soignante aux doigts d'or qui jetait les pansements. C'était beaucoup pour eux tous aussi. Je ne pouvais pas lâcher, j'ai ravalé mon début de trémolo.

J'ai même des souvenirs de mon réveil en réanimation, le 14 novembre. Je revois l'obscurité de ma chambre, je me souviens de ne pas sentir mon corps, comme si mon esprit avait été libéré. J'étais à la fois confus et très conscient que je me réveillais réellement, que j'étais en vie.

Une dizaine d'heures plus tôt, plus mort que vivant, j'avais fermé les yeux en respirant dans le masque de l'anesthésiste. On m'avait annoncé que je descendais au bloc. C'était une délivrance, je n'avais plus à lutter contre la mort. J'étais à 5 % de ma lucidité, les perfusions me maintenaient en vie du mieux possible, mais je commençais à lâcher la rampe. Je sentais l'inquiétude des infirmiers, des chirurgiens. Je percevais de la panique chez certains d'entre eux. Je regardais l'écran du monitoring et ne lâchais pas la ligne des battements cardiaques, affreusement bas, je relançais ma respiration pour les accélérer. Quand on venait me voir, je demandais si j'allais mourir. On m'a mis le masque sur le nez, j'ai regardé le plafond en pensant que c'était probablement la dernière vision de ma vie. À l'italienne, je me suis dit : « *Dai* », fallait être solide, c'est tout. Mais j'avais peur.

J'ai pensé au mec dans *Big Fish* de Tim Burton. Petit, il a vu sa mort dans les yeux d'une sorcière. C'est une des grandes interrogations de la vie, on ne découvre ça qu'au dernier moment. Mais lui, il sait. À un moment, il n'est pas loin de mourir et il dit : « Non, ce n'est pas comme ça que je meurs. » J'ai pensé comme lui, ça m'a donné de la force. C'est dans l'ambulance vers les urgences que ça avait été le plus chaud. Je partais vraiment. Aïda l'a senti. Elle m'a mis une grande claque et m'a crié : « Moi je sais que t'as du mental, c'est maintenant que tu le montres ! »

Je me suis finalement réveillé le 14 novembre. Dans les jours qui ont suivi, seuls les très proches avaient accès à ma chambre. Chaque fois, c'était la même scène. Une silhouette à travers la vitre embrumée enfilait la tenue stérile et se lavait les mains. Puis une tête apparaissait dans l'ouverture de la porte. Je voyais le visage se crisper, et en une demi-seconde passer de la joie de me voir, au choc, à l'incompréhension et enfin à la tristesse. Souvent j'ai vu des larmes sur le visage de mes amis, de ma famille. S'ils n'avaient pas de chance, ils arrivaient au moment où je devais porter le masque de respiration. Un dispositif impressionnant qui permettait la réouverture des alvéoles des poumons en envoyant de l'oxygène en pression positive. Je devais le porter une heure toutes les quatre heures, même la nuit. Même tenir quelques minutes, c'est une performance. La seconde nuit, je n'en pouvais plus, je l'ai enlevé au bout de cinq minutes. L'infirmière m'a dit : « Vous devez absolument tenir, sinon votre poumon ne va pas guérir et ils vont devoir vous le retirer c'est très sérieux. » À partir de là, j'ai même fait des heures sup, elle avait bien réussi à me faire flipper.

Ça a vite été limpide, deux voies s'ouvraient devant moi. Je pouvais plonger, et entraîner tout le monde au fond avec moi. Ou bien sourire, rester moi-même, positif, combatif, embarquant mes proches dans mon sillage. Comme les coureurs automobiles prenant l'aspiration. M'écrouler n'était pas une option.

Quand mon grand frère est entré dans ma chambre pour la première fois, il semblait aussi fatigué que moi. Il venait de traverser la France depuis Font-Romeu dans les Pyrénées où il habitait depuis trois ans, jusqu'à Paris.

Dans un état comateux, je l'ai vu s'approcher vêtu du tablier réglementaire. Ça faisait quarante-cinq heures qu'il n'avait pas dormi, il m'a mis la main sur le front. Ses mains sentaient l'odeur du liquide désinfectant pour se laver les mains. Je sentais cette odeur toute la journée. Chaque fois que quelqu'un rentrait, infirmiers compris, il fallait se passer une bonne dose sur les mains et frotter une longue minute. Ça me retournait le bide chaque fois. Je me suis mis à vomir de la bile et du sang, sans m'arrêter. C'était sale.

Déjà vomir ça fait mal, mais allongé sans pouvoir bouger, avec cinq côtes pulvérisées, le sternum ouvert en deux puis cerclé de huit fils de fer… avec des tubes de deux centimètres de diamètre entrant au niveau des abdos et entre les côtes… plus les soixante agrafes sur la poitrine et dans le dos, c'est vraiment chaud. Un autre jour, je me suis évanoui de douleur en vomissant.

Mon pauvre frère… Je ne voyais plus rien tellement la douleur irradiait. Il m'apportait les récipients et me lavait comme il pouvait tout en appelant les infirmières. Je sais que ça a dû être un des pires moments de sa vie, pourtant il a assuré et ne m'a rien laissé voir.

Aïda aussi a souvent nettoyé mon vomi. Quelques jours avant, avec Bastien, ils avaient appuyé sur mes plaies. Les bras en sang, au milieu d'une scène de guerre, pour me maintenir en vie sur le passage piéton devant Le Petit Cambodge. On dit que le sang lie des choses entre les gens. Peut-être que ça marche aussi pour le vomi ?

J'ai mis dix mois pour accepter de dire que ce que j'ai vécu était grave et terrible. Avant je disais : c'est « un truc de ouf ». Je me raccrochais à une pensée : on était cinq ce soir-là, on est encore cinq. On était en vie et on pouvait continuer à construire nos vies. Je ne mesurais jamais mon malheur dans l'absolu, mais toujours par rapport à d'autres malheurs.

En première place, toutes les personnes tuées le soir des attentats, et aussi leurs familles. Les premiers n'auraient jamais 30 ans, n'auraient jamais d'enfants ou ne les embrasseraient jamais plus. Les seconds vivaient en ce moment même une tragédie insondable. Une tragédie que les miens ont évitée de peu, de quelques millimètres, de quelques minutes. Je ne peux pas me plaindre, je ne l'ai jamais fait et je ne le ferai jamais. Par respect, pour ma fierté et pour leur honneur.

Ces derniers mois, j'ai toujours comparé ma situation à d'autres, bien plus graves. À Kaboul ou Bagdad, quand les gens sont pris dans un attentat, ils n'ont pas accès aux soins médicaux gratuits et aux aides psychologiques dont nous disposons ici. Eux peuvent se plaindre, moi non.

J'ai pensé à toutes ces personnes mortes sous les balles inutiles. J'ai pensé aux soldats de 14-18 qui ont connu l'enfer durant des mois entiers sans trêve, alors que nous ne l'avions vu seulement quelques minutes.

Ça m'a aidé à tenir bon. Mais j'avoue que la première fois que j'ai osé penser « merde, c'est dur quand même ce qu'on vit », un poids s'est enlevé de mon estomac.

Accepte

J'aimais ma vie d'avant. Quand je pouvais dormir sans me réveiller dix fois, sans entendre de tirs ni de cris à l'intérieur de ma tête. Quand je pouvais passer une journée entière sans passage à vide, sans avoir mal jusqu'à tomber dans les pommes, sans me demander ce que je foutais là toutes les trente secondes. Maintenant, j'avoue, c'est plus dur. Mais j'ai décidé dès les premiers jours après les attentats de ne pas y penser.

Pas de « et si », pas de scénarios. Je veux vivre ma vie, je ne veux pas perdre d'énergie sur ce que je ne maîtrise pas. Ce que j'ai réussi avec une bonne dose de miracle, ça a été de protéger ma sœur et de rester en vie. Ce que je maîtrise tous les jours, c'est ce que je fais, ce que je pense et qui je choisis d'être. Je ne veux pas perdre de temps ni d'énergie ou de santé mentale sur ce que je ne peux pas changer.

J'aimais ma vie d'avant. Mais elle n'existe plus, il faut l'accepter. On avait tous des histoires différentes, des trajectoires propres. Une infinité de micro-événements nous ont amenés à ce moment, en ce lieu précis. La route de certains s'est arrêtée, pour les autres le virage est supérieur à 90 degrés. On a dû s'adapter, on est dans la survie.

J'ai des jours de grand vide. Tout est inutile, futile. On m'a enlevé tout mon travail, mes sacrifices. J'ai mal partout. Je sens une crise monter en moi, mon cerveau part dans les tours, je n'arrive pas à me calmer. Je me sens étranger dans ma vie, dans mon corps, dans le monde. Je n'ai plus confiance en l'avenir, je n'ai plus confiance en l'humain. Tous mes repères sont remis en question. Un vertige interne prend le dessus sur ma raison.

J'ai souvent des moments de blanc dans la journée. Quelques minutes, comme pour marquer une pause et comprendre ce qu'il se passe. Ma vie entière a changé en un an et demi. Alors je m'arrête un instant pour bien assimiler. Mais je reprends vite le dessus. Je le fais pour moi, et parce que je ne supporte pas de donner l'impression de subir. Je ne veux pas susciter de pitié.

Mais parfois je craque. C'est rare et ça ne dure pas longtemps. Quand je n'en peux plus de cette sensation d'inconfort total dans mon propre corps. Avoir mal partout, ne jamais être au repos même allongé dans un lit. Mon corps fait le yoyo depuis des mois, je travaille dur pour avancer physiquement et je retourne à l'hôpital. J'ai encaissé toutes les douleurs possibles depuis un an. Certaines que je n'imaginais même pas, mais j'arrive à une forme de rupture. Hier soir, j'en ai eu marre de souffrir en silence et de sourire pour tenir. Cela fait onze mois que je positive tout ce qu'il m'arrive. Que je ne vois que les bons côtés de chaque situation pour avancer. Hier j'ai dit nique.

Je me suis pris trois balles alors que je marchais dans la rue. Je n'avais rien demandé à personne. On a détruit tous mes objectifs, les sacrifices de toute une vie sont partis au moment même où je me faisais transpercer. Je ne voulais pas voir des gens tomber sous les balles devant moi. Je ne voulais pas qu'on m'impose une vie à craindre le sommeil et les cauchemars. Je ne voulais pas voir et sentir la mort. Je ne voulais pas me réveiller appareillé en réanimation, plus mort que vivant devant ma famille en pleurs. Je ne voulais pas que ma sœur voie l'enfer de ses propres yeux.

Hier, j'ai craqué et ça m'a fait du bien. Mais je suis positif à l'extrême. C'est grâce à ça que je suis vivant, que je ne vis pas sous antidépresseurs, que je réussis à penser au futur. « La douleur, c'est très rassurant, ça n'arrive qu'aux vivants », disait Renaud. Donc j'ai craqué un quart d'heure, puis j'ai recommencé à penser que c'est un défi, que je suis fort, que je suis chanceux, que je m'en sortirai. Que ma sœur s'en sortira.

Le jour de mon réveil en réanimation, j'ai eu la visite d'un psychiatre. Dès ses premières phrases, le mec m'a qualifié de « victime » des attentats. Beaucoup m'appelaient comme ça. Je leur répondais direct : « J'suis pas une victime. » Je ne pouvais pas accepter de porter ces mots alors que plus de cent personnes étaient mortes. Et puis… le terme est trop négatif.

Dans la cour de récréation de Massy, une victime, c'était celui qui ne savait pas se défendre. Ce soir-là, on ne nous a pas laissé la possibilité de nous défendre. Trop péjorative, je n'ai jamais accepté cette formulation.

Mais quinze mois après, je dis parfois que j'ai été victime des attentats. Tout est pareil, mais tout a changé.

En vrai, on est tous en galère, on fait de notre mieux. On vit tous nos drames, y a pas de comparaisons à faire dans le ressenti du malheur. Certains naissent avec leurs casseroles, d'autres se les accrochent en route, on doit faire avec. Les traumatismes nous mettent à nu. Une fois, après la mort d'un proche que j'aimais profondément, je souffrais tellement que j'ai même souhaité ne jamais l'avoir connu.

Je veux rester ce mec aussi positif qu'une phrase sur les sachets de Yogi Tea. La vie trouve toujours un moyen de passer, comme l'eau dans une fissure de roche. C'est difficile d'être toujours parfaits, on a le droit à l'erreur. Ne soyons pas esclaves de ce monde qui n'accepte pas la faiblesse. Ça nous évitera de sauter des toits, ça nous évitera de choisir la chute.

Si je peux, avec ces textes, rien qu'une seule fois aider une seule personne pour quoi que ce soit, je serais heureux. N'hésite pas à montrer tes cassures, mon pote.

Mektoub

En pleine jeunesse, on nous a fauchés. J'avais l'âge inscrit sur le maillot de Jallet, époque PSG.

On est tombés en automne comme les feuilles mortes. J'ai vu l'hiver passer depuis mes chambres d'hôpital et ma chaise roulante. Le printemps est vite arrivé, je l'ai vu s'installer un peu plus chaque matin. Grâce à la nature renaissante, de la fenêtre arrière droite du taxi, le même parcours vers le centre de rééducation à Châtillon, on s'est relevés rapidement. Voir la nature bourgeonner nous a aidés. La routine retrouvée aussi, Jean-Pierre le matin, Paulo le soir, nos deux taxis attitrés. La vie passe vite quand les objectifs sont simples, réapprendre à marcher, chercher de la normalité.

Rien de cette histoire n'est pourtant normal.

Le 13 novembre au matin, ma cousine Audrey a signé chez le notaire pour acheter un appartement. Dans une belle zone du XIe arrondissement, rue Alibert, à quelques mètres du croisement avec la rue Bichat. À quelques mètres du Carillon, vue sur Le Petit Cambodge.

Le soir, Rémi Bonfils, talonneur du Stade Français, était en terrasse au Carillon. Il a échappé aux balles, il a été l'un des premiers à revenir après les tirs. Il était avec son éternelle bande d'amis. On est arrivés au Stade Français la même année, on a joué quatre saisons ensemble. On ne s'était pas vus depuis de nombreuses années. Je l'avais vu se blesser en direct contre Clermont la semaine précédente. J'avais regardé le match sur internet depuis mon appartement italien. Il a été opéré, et a rejoué un samedi d'avril. C'était une belle journée. Le Stade Français m'a offert des invitations. On est allés voir le match entre amis. C'était le troisième que je regardais en cinq mois. Ça m'a fait plaisir, j'ai vécu intérieurement certaines actions. Les joueurs m'ont fait vibrer. Rémi est entré en jeu en seconde période. Malgré les cauchemars, les courtes nuits, les blessures invisibles. En Italie, ils disent « *palle* ».

À la sortie du stade, avec mes béquilles et ma botte orthopédique, je prenais mon temps. J'ai vu trois hommes discuter, celui de dos semblait solide. En passant à côté, je me suis dit : « Putain, il ressemble à Serge Simon »… C'était lui, un des anciens grands joueurs du Stade Français. Avant les attentats je le connaissais parfaitement, mais comme personnalité publique. Il est médecin, animait une émission de radio, a écrit des livres. Il a arrosé chaque terrain français de marrons et de marmites. Il fait partie de l'histoire du rugby. Il me faisait marrer quand il présentait la coupe du monde de rugby en Australie. J'avais 14 ans, j'enregistrais les émissions et je les regardais en boucle. Je l'admirais déjà avant qu'il ne me sauve la vie.

On ne s'était vus qu'après les tirs et à l'hôpital. En me voyant ce jour-là, claudiquant mais debout, il m'a dit : « Tu paraissais plus grand quand tu étais allongé. »

Il avait entendu les coups de feu depuis l'appartement de son ami d'enfance au-dessus du Petit Cambodge. Il a regardé par la fenêtre et est descendu en courant. Ça tirait encore, il s'est baissé un instant. Je me rappelle sa voix, lointaine, comme s'il avait parlé avec un porte-voix. « Je suis médecin ! » Alice a crié, il est arrivé au-dessus de moi.

Je l'ai reconnu tout de suite, je l'ai présenté à Bastien comme si on était autour d'une table, tranquilles. Il a eu les bons gestes, a su quoi regarder. Il m'a permis de tenir, d'y croire. Son apparition a été une décharge de confiance. J'essayais de parler, de montrer des signes de vie.

J'ai pensé à Sangoku dans *Dragon Ball* quand il fait un Gendikama contre Freezer pour sauver la planète en transformant l'énergie en boule destructrice. Comme lui, j'ai demandé à tous les êtres vivants de la terre de me donner un peu de leur énergie. Égoïstement, je ne voulais sauver que moi. C'était ma prière, j'avais besoin de force. J'en ai reçu assez, j'ai pu tenir. Serge veillait sur moi et sur d'autres blessés. À un moment, je n'ai plus réussi à garder les yeux ouverts. Je partais très loin, au fond de moi. J'avais froid, je ne sentais plus rien, comme dans une coquille. J'ai utilisé une énorme quantité de l'énergie pour lui dire : « Serge, c'est maintenant ou plus jamais. » Il s'est redressé, a attrapé le premier brancard qui passait et a fait comprendre au secouriste qu'on partait, et tout de suite.

Quelques semaines après, j'étais chez moi. Je passais mon temps dans le lit de mes parents. J'ai demandé ce petit livre marron pile en face de moi sur une étagère. Il m'intriguait depuis quelques jours. Ma mère me l'a apporté. J'avais offert ce bouquin à mon père il y a quinze ans, *On n'est pas là pour être ici* de Serge Simon.

En janvier 2016, j'ai été opéré de la cheville. Une intervention longue et délicate pour réparer des tendons et extraire le maximum de morceaux de balle. J'attendais ma descente au bloc, il y avait un peu de retard, je devais passer le temps. C'est dur d'être tranquille quand tu pues la Betadine, les rouleaux à l'air sous ta chemise d'opération avec une charlotte dans les cheveux. Ce ne sont pas les meilleurs moments à passer même si je m'y habituais. J'ai allumé la télé, une chaîne au hasard. L'Équipe TV, reportage sur la campagne de Bernard Laporte pour la présidence de la Fédération française de rugby. Directement, un mec apparaît à l'écran : Serge.

Mars 2017. Ma grand-mère Christiane m'a envoyé une lettre pour mon anniversaire. À la fin, elle me parle de Serge :

« Et ce cher Serge, tu as un ange gardien, mon chéri, je suis rassurée. » Elle, depuis longtemps, utilise une vieille photo de sa mère, Simone, comme talisman familial. Elle l'a proclamée veilleuse de sa descendance. Quand l'un de nous passe des moments difficiles, elle place notre photo devant celle de sa mère.

Elle finit la lettre avec un post-scriptum : « Serge Simon/Simone ? Qui sait… Peut-être que j'ai raison et que d'une manière ou une autre elle vous garde. »

Sylvestre

Je n'aime pas le jour de l'an. Le délire obligatoire, le devoir de faire la fête, tout ça… C'est bizarre de commencer l'année en étant fatigué dès le premier jour. Pourquoi on ne fêterait pas le 30 décembre ? On se reposerait le 31. C'est bien optimiste de fêter la nouvelle année, un truc qui n'a pas encore eu lieu et qui pourrait mal se passer.

Je ne peux pas m'empêcher de tout remettre en question. Ça me permet de trouver un combat. Puisqu'il faut trouver le sien, j'en choisis un perdu d'avance, pour le panache : lutter contre le temps qui passe. Je n'ai aucune chance, alors je ne l'affronte pas, je l'accepte. C'est ma leçon pour m'apprendre à lâcher quand il faut.

J'avais toujours eu une petite pointe au cœur à chacun de mes anniversaires. Pour mes 27 ans, le premier après les attentats j'étais heureux de pouvoir accueillir une nouvelle année. Merde, c'est la vie, c'est bon. Si on prend une année, c'est qu'on est encore là.

Pour mes 28 ans, avec Thibaud la frite, on a loué un appartement à Venise avec une *altana*. Les terrasses en forme de nid d'aigle sur les toits. On a regardé la ville s'endormir. Une lune turque s'est levée au milieu des clochers aux teintes fantomatiques. Les monuments religieux à Venise sont légion. La nuit, la ville se vide, les façades aux lueurs spectrales rendent hommage aux gens qui reposent dans les caveaux. Les seuls bruits audibles sont ceux des vaporettos. Hemingway a dit : « La vraie Venise, c'est l'hiver dans le froid et la pluie. » Je suis bien d'accord avec lui, mais c'est aussi la nuit, dans le brouillard.

On est sortis sur les quais désertés, avec quelques silhouettes furtives pour seule compagnie. Quelques pas avec le roi de la frite dans la Cité des Doges, une balade royale.

Les gens avec qui je parle attendent que je proclame des trucs du genre « chaque seconde est un cadeau », « la vie est une bénédiction ». Comme si j'avais acquis le droit de balancer des banalités. Nan, mon gars, je dirai jamais des trucs aussi bidons. Déjà, la vie, c'est chaud. On fait ce qu'on peut. On est sûr de deux choses, un jour on est né, un jour on va mourir. Entre les deux, faut être solide.

Non, vraiment les jours de l'an, ça me met trop mal à l'aise. Alice est d'accord avec moi, du coup, on organise nos « contre-soirées ». En 2008, quand j'étais au Stade Français, on s'est fait une petite bouffe dans mon appart avec vue sur le Parc des Princes. On a enfilé cinq couches de collants et joggings, on a pris le métro direction place des Fêtes. Et on a couru. J'avais un itinéraire dans la tête, mais c'était à l'instinct. On a beaucoup tricoté dans les petites rues de Belleville et Ménilmontant. On a été les observateurs de la ville dans un état qu'elle ne connaît qu'une fois par an. On se faisait les plus discrets possible. On se mêlait aux ombres, on évitait les gens. On gazait les soirées pourries qu'on voyait par les fenêtres. On dansait sous les appartements d'où s'échappait de la musique. On a vu des soirées de ouf et des mecs promenant leur chien en jogging-charentaises. Beaucoup de jeunes sur leur trente et un nous criaient :

« Mais qu'est-ce que vous faites ?

– Contre-soirée ! » on répondait.

Dans les arrondissements les plus extérieurs, le calme était impressionnant. La sourdine semblait d'usage, les habitants restés sages. On est descendus par le XIe. On est arrivés place des Vosges au moment du décompte, sans le savoir. On a entendu crier les secondes manquantes. Ça venait de fenêtres différentes en plusieurs langues. J'ai vu le regard heureux de ma sœur dans les lumières faibles de la place. Un instant d'éternité pour le début d'année.

Je l'ai fait aussi avec mon zincou Bastien, mon acolyte de toujours des plans bizarres, des idées folles. À minuit, on était tombés sur un feu d'artifice sur le canal Saint-Martin. On continuait à courir côte à côte, les explosions se réfléchissaient dans l'eau. L'Hôtel du Nord dans les lumières colorées. Avec nos gueules d'atmosphère, on a fait soulever nos cœurs dans les premières minutes de la nouvelle année. On pouvait espérer.

Dans mon combat pacifique contre le temps qui passe, j'ai choisi mes armes. Dans des carnets j'écris, ça m'évite de lâcher des larmes. J'écris de Paris à Venise, Piacenza ou Parme. Pour survivre, pas pour faire du charme. En m'isolant, seulement, je fais taire ce vacarme. Eh, je n'écris pas de journal intime, ça, c'est la honte. J'écris pour ne pas oublier. Je voulais garder près de moi ce qui tombe dans mon brouillard cérébral. Les sensations, les odeurs, les sentiments. Je voulais ouvrir ces carnets un jour et replonger dans le passé pour quelques minutes. Je raconte ma vie, je raconte Paris, je raconte ce que j'écoute, ce que je découvre. J'écris pour ne pas exploser, j'évite le trop-plein, je comble le vide, en ce moment j'évacue l'horreur de mon bide. J'ai trop de trucs dans la tête, je dois les évacuer. Trop de violence autour de moi, j'ai besoin de l'atténuer. Pour laver mes yeux du sang, mon esprit se rétablit, je le sens. Il y avait un avant, il y a un maintenant.

EMI : En Mon Intérieur

La mort a laissé des traces en moi. Celle des autres et la mienne. Dans ces longs moments d'entre deux, dans ces zones inexplorées dont on ne revient généralement jamais, j'ai tenu à la vie comme à un fil d'Ariane dans le labyrinthe, aux confins de mon esprit. Avançant en funambule au-dessus de la lumière qui me happait.

Beaucoup prennent des drogues pour tenter d'explorer leur âme. J'ai eu du temps au fond de mon être. J'ai eu du temps face à moi-même.

Chaque minute de l'après est une lutte pour montrer un semblant de normalité. Pour tenir malgré ce vide qui sévit en moi. Je bouge, je gesticule, je me démultiplie pour ne pas m'y confronter. Ce vide tapi, souvent furtif, dans mes abysses. Quelquefois grandit, prend toute la place et m'abîme.

J'ai mis les pieds dans des mondes inconnus. À la frontière de la pensée et de la réalité. Un monde qui laisse son empreinte. Ma route continue, sans place pour les plaintes. Le mec qui a écrit mon scénario a été fini à l'absinthe.

N

Je n'ai pas de haine, je ne l'ai jamais eue. La colère, ça pèse, ça ronge, ça pourrit de l'intérieur. Je n'ai pas le temps pour ça. Même après des scènes de guerre, être pacifique ne me semble pas si fou. J'ai une vie à vivre et trop de projets. Chasser la rage ne signifie pas être mou. Je suis en colère extrême pour la mort de tous ces gens, toutes ces vies brisées. Mais je ne veux pas tomber dans la facilité. On n'est pas au pays des merveilles, je ne suivrai pas le lapin blanc dans son trou. Tomber comme ceux qui ne pensent qu'à diviser. Je préfère comprendre pour m'apaiser.

Jamais je ne sombre. Ne pas devenir, de moi-même, une ombre. De l'arbre, je ne souhaite pas être la feuille qui finira par tomber, mais la graine qui au printemps va créer.

Je n'ai pas de haine mais je n'excuserai jamais. Je n'excuserai jamais ceux qui ont choisi de tuer et les processus qui les ont engendrés. Le calme apparent, l'esprit en ébullition, la lutte est dans ma tête, les tranchées bien en place. J'avance centimètre par centimètre contre des colères. Elles sont tenaces, toujours présentes, et me menacent. Elles sont éclair, noires, incontrôlables, emportent tout comme un ouragan du Midwest. Je suis en guerre interne, stratégique. Mes adversaires invisibles et sournois sont cachés dans les tréfonds. Les drones surveillent la zone et m'alertent en cas de déplacement ennemi. Difficiles à repérer, ils se cachent dans les zones les plus inaccessibles. Ils se nourrissent de la confusion, tentent de brouiller les cibles. La tentation de l'explosion libératrice se fait sentir. Je gagne ma guerre, mais je ne peux remporter chaque bataille. Ces moments de vide intense me laissent vacillant, les yeux dans le vague, le cœur en trombe, je dois m'isoler.

Je ne parle que pour moi. Dans mon cas, la vengeance est un plat qui ne se mange pas. Vos vendettas me laissent froid. Je préfère enterrer mes haches de guerre, mes tomahawks. M'élever et voir loin, à 360 degrés comme au-dessus d'un half pipe, à la Tony Hawk. La haine n'apporte que des regrets et met des nuages sombres dans la tête. De l'apaisement, je suis un esthète.

Capitale

Octobre 2016. Je suis arrivé hier de Venise, je traverse Paris de long en large et de haut en bas, avec mon vélo pourri, mon fidèle destrier. Je ne regarde pas la ville, je l'absorbe, je la bois comme une éponge. Je profite de mon dernier jour de liberté corporelle avant une nouvelle opération qui va m'handicaper plusieurs mois. Je nourris mon esprit. Je prends chaque détail comme un spectacle. J'ai vu aussi, comme toujours, trop de gens harassés, de SDF, de crackers hagards rôdant sans but, trop d'embrouilles et de cannettes de 8.6. J'ai vu des migrants sous les voies des métros aériens, des costards cravates incapables de tenir les yeux ouverts dans le RER.

La réalité est que je suis un migrant aussi. Je suis un migrant de luxe. Un migrant qui passe la frontière en avion, sans craindre les agents malins et les chiens malinois. La volonté de trouver une voie meilleure est le seul point commun que je puisse avoir avec eux. Je suis né avec un nom et une couleur de peau qui ne font peur à personne. Je suis né avec le bon passeport, celui qui me permet d'aller quasiment partout. Même issu d'un milieu modeste, je fais partie du monde riche. Je ne connaîtrai Calais que pour les ferries, je ne subirai la jungle que si je décide d'y partir en vacances, j'ai de la chance.

J'aime regarder les gens dans le métropolitain. Les normaux, les cramés et les trop puritains. J'invente la vie des inconnus, je les scrute comme un vautour. La nuit, dans les lignes aériennes, je suis au musée. Lorsque le métro à pleine vitesse laisse apercevoir une scène de vie à travers une fenêtre comme un tableau arrêté. Un cadre de lumière dans l'obscurité parisienne, figé. L'image est imprimée et l'imagination s'emballe. Il manque un petit écriteau sous la fenêtre : « Scène de vie, famille à table, ligne 6, début XXIe siècle. »

Paris m'éclaire, Paris me guide. Paris est le fil rouge de ma courte vie, le RER B en est l'artère spirituelle. La passerelle de Massy-Palaiseau, la jonction rendue possible.

Dans mes dernières années italiennes, ces moments parisiens étaient une bouffée de bonheur et de soulagement. C'est un monde à part, mon monde. Je suis parti pour découvrir d'autres vies, et pour connaître le manque de Paris. Je devais quitter ce territoire pour le connaître réellement. Mais savoir qu'il est là, que je peux toujours y trouver refuge, m'a donné confiance. De ma terrasse vénitienne, le soir, je regarde vers le nord-nord-ouest. Vers l'autre bout de l'Europe. J'observe d'où je viens. Ça aide à avancer, même dans l'inconnu. Savoir d'où l'on vient, c'est utile quand tout change en si peu de temps. Aucune ville ne porte mieux pour moi le nom de capitale. Comme Paris, mon cœur est un gruyère, ma carcasse est couverte de zinc.

À travers les particules de pollution, l'atmosphère de chaque quartier, de chaque rue, je communie avec ceux qui l'ont façonné, qui y ont vécu. En te choisissant comme amour éternel, j'ai choisi la facilité géographique. Je suis né à Saint-Cloud. Des hauteurs bourgeoises, mes premières heures suspendues, vue imprenable sur Paris. Comme ma grand-mère et ma mère avant moi, même hôpital, même premier regard porté sur l'horizon. Proche de Boulogne et de la régie Renault. À quelques kilomètres d'un paquebot qui ne vogue pas, d'un bateau qui ne flotte pas, qui coule l'humanité et touche le fond. Paris je t'aime malgré tous tes paradoxes, ta mélancolie, tes contradictions.

Ces dernières années, j'ai eu deux existences distinctes. Le tarmac des aéroports comme sas de séparation, le survol des Alpes comme frontière. Transpercer les nuages puis respirer l'air sec et pollué de Paris Sud ou l'humidité de la lagune.

Ça a commencé avec les journées à la Cité des sciences, dans les musées. Les lumières, la frénésie loin de notre morne banlieue. Les couloirs du métro en faisant la course avec mon frère, mes cousins. La ligne 5 dans la cabine avec le cheminot, pote de ma mère.

Les kilomètres avalés avant les derniers RER. Dans les heures froides de l'hiver, bonnet sur la tête, baskets aux pieds. En courant à la boussole dans les rues délaissées après une rupture des ligaments croisés, je me suis rééduqué. Le but était de fermer les yeux devant une carte du métro et d'indiquer deux points de Paris. C'étaient le départ et l'arrivée, pas de carte, pas de boussole. Je devais trouver des points de repère urbains. Je gardais en tête les points cardinaux en observant les étoiles. J'étais un lycéen, rugbyman en suspens et explorateur urbain. Les petits rades, taper la discut' avec un habitué. Les bouts de conversations de terrasse volées. Repérer les gens qui sont bourrés. Le street art qui fait muer la ville. Je choisissais les heures vides, les trottoirs déserts. J'y ai erré plein de jazz, de rap, de bonheur de savoir que j'appartenais à cette ville. J'ai vite compris qu'elle était mon destin. Que j'y mourrai la tête pleine, le portefeuille vide, les poumons encrassés. Au milieu de mes petits cinémas du quartier Latin. Du soleil sur la butte Bergeyre. Le marché Saint-Pierre avec ma mère. Des couchers de soleil sur la ville depuis la rue de Ménilmontant. Quand le soleil passe sous la couche épaisse de nuages après une journée sombre et chargée. Quand les rayons orangés tapent les toits de zinc dans cette pénombre, cette lumière contrastée. Tracer à vélo de Belleville jusqu'à la Seine, des doigts d'honneur aux touristes qui attendent une réponse à leurs coucous. Faire la course avec les scooters. Longer à vélo l'été le jardin du Luxembourg les soirs de canicule. La petite ceinture, les marchés le samedi matin, les conversations avec les vendeurs. Les vieux cinémas, Gene Kelly dans *Un Américain à Paris*, ma grand-mère qui me chante Maurice Chevalier.

J'ai habité devant la Sorbonne pour réaliser un rêve, fermer mes rideaux le soir sur les rues latines. Chaque semaine je passais à l'endroit exact où fut assassiné Malik Oussekine. Avant de les voir de mes yeux, je connaissais déjà la haine motorisée et la folie mesquine. Je lisais son nom sur la plaque qui lui est dédiée, miskine.

Puis, à quelques centaines de mètres du Montfaucon et de son gibet, autrefois posé, j'ai vu l'enfer. J'ai laissé couler mon sang en petit filet dans le caniveau. J'ai pactisé avec ma ville. Je lui ai vendu mon âme pour qu'elle me tienne en vie.

Pendant les tirs, allongé sur le côté, j'ai ouvert les yeux, j'ai vu le ciel entre les bâtiments du carrefour. C'était une belle nuit, on y voyait au moins cinq étoiles et demie. Comme un chant du cygne, une vague de bonheur m'a envahi. Je me suis dit que c'était beau et j'ai souri. Même ensanglantée et zébrée du bleu des gyrophares, Paris me fait du charme. J'ai réussi à tourner la tête, le sol, une mer de douilles, reflets dorés sous les réverbères orangés.

Paris a honoré notre pacte, je suis en vie. Je dois faire de même et partir, je ne peux plus vivre ici. Mon esprit ne m'y laisse pas en paix. C'était le prix à payer. Cette ville est ma passion, ma fascination, l'objet de mes principales investigations. J'aurais pu rester, éternellement emmuré, six pieds sous le macadam. En signe d'allégeance, je continuerai de dire Paris plutôt que Paname. Le lien du sang ne peut être trahi. Le Père-Lachaise attendra bien quelques décennies. Il est temps de se quitter. Comme un amour devenu impossible, il vaut mieux se séparer. De loin, Paris continuera de me guider.

Retour

Début janvier 2016, Le Carillon a rouvert, je l'ai appris par hasard.

Les trous d'impacts des balles seraient comblés, les fenêtres remplacées. Un jour, Le Petit Cambodge accueillerait de nouveau des clients et la vie continuerait. J'avais besoin de voir de mes yeux les travaux, les fleurs, les graffitis, les mots. Pour mon deuil, inscrire cette réalité dans mon cerveau. Aïda et Alice sont venues et Jérémy, son amoureux, nous a accompagnés.

Rue Bichat-rue Alibert, 13.11.2015, 21 h 32. C'est une faille temporelle, une erreur de la matrice, une parenthèse maudite aux conséquences innombrables.

Aujourd'hui, ce lieu est redevenu comme un autre, commun. On n'y peut rien ? Alors nique le destin.

À côté, le canal Saint-Martin, en travaux, vidé de son eau comme un trou béant. J'avançais sur mon carrosse à quatre roulettes, poussé par des bras aimants. Les carcasses boueuses de scooters et de vélos apparaissant doucement. Les guirlandes de drapeaux aux fenêtres créant du lien entre les bâtiments. Mes yeux attirés sur chaque détail comme un aimant.

Une fille, assise sur un banc à quelques mètres de nous, est venue nous parler. Elle nous avait grillés avec nos dégaines de bras cassés. Elle avait tout vu ce soir-là, depuis la pizzeria de la rue Marie-Louise. Depuis deux mois, elle ne dort plus. Aussi blanche que le papier de ses clopes qu'elle enchaîne à un rythme effréné. À chaque seconde, elle semble prête à s'effondrer.

Les blessures invisibles sont létales. Plus insidieuses que celles qu'on étale. L'horreur, incrustée dans ces rues redevenues magnifiques. Aujourd'hui disparue, balayée au fil du vent, comme un pétale.

Comme un mort à Zion

13 novembre 2016. Deux jours avant la cérémonie, j'ai pris conscience que j'y verrais les familles des gens tués. Elles me font peur. J'ai peur d'affronter leur présence, leurs regards. Depuis le début, je fais tout pour ne pas penser à ce qu'ils vivent. Pour avancer, ne pas trop gamberger.

Ils sont ce qui me hante, ceux qui me hantent. J'assistais ce matin à ma première cérémonie. Je n'étais pas en mesure de le faire pour les deux premières. Un an après, à 8 heures du matin, Paris était en deuil, avec son chapeau de brume. Encore endormie, drapée de gris. Le XIe barricadé, des hélicoptères dans le ciel. Seules touches de couleurs, le bleu des policiers armés, postés partout dans l'Est parisien. Des affiches *Fluctuat Nec Mergitur* sur tous les panneaux publicitaires. Les bateaux restés à quai, seules les larmes ont coulé.

Peu de passants mais tous avaient le masque. La ville vide, à cause de cette grasse matinée obligatoire. Un anniversaire macabre, une journée pour se rappeler, alors que ça ne nous lâche jamais vraiment.

Paris, je ne t'ai pas reconnu, je ne t'avais jamais vu dans cet état. La sécurité importante, les deux barrages et les hommes armés partout donnaient l'impression d'être dans la zone la plus fortifiée du monde.

Nous étions peu finalement, attendant le président de la République et la maire de Paris dans le silence et l'humidité. Une plaque commémorative a été dévoilée. À un moment, je me suis dit que, dans « commémoratif », on entend mort. J'ai cru qu'ils avaient remplacé le président par sa statue de cire du musée Grévin tellement il était maquillé.

Mon cœur me faisait mal, il était serré comme un étau.

Mais je n'ai pas pleuré, je me l'étais juré. On s'est retrouvés tous là, un an après, au même endroit. Il en manquait 14, leur absence était justifiée, le CPE n'a pas demandé de mot d'excuse. On était tous là physiquement, mais c'était dans nos têtes qu'on vivait cette commémoration. J'étais en errance, comme une âme en peine, comme un mort à Zion.

Puisqu'on devient amis en partageant des moments intenses, en partageant des expériences, suis-je ami avec tous ces gens que j'ai entendus dans leurs dernières secondes ? Suis-je ami avec ceux qui ont découvert en même temps que moi la douleur d'une balle qui transperce le corps ?

Je ne les oublierai jamais, comme on ne peut oublier une personne qui nous a marqués. Je ne les renierai jamais, comme on représente à vie un pote qui a merdé. Je connais chacun de vos noms, vos âges. Ils sont bien plus ancrés en moi que des tatouages. On a tous vécu ça réunis sur quelques mètres carrés, nous sommes désormais liés, à ce qu'il paraît. Lutter, c'est compliqué, tenir face à ses convictions est un combat. C'est faire le mal qui est facile.

Tout le monde peut descendre dans la rue et tuer des gens. Mais ne pas sombrer dans la haine après ce qu'on a vécu, c'est une bataille de tous les jours, c'est pour les durs. On est des résistants face à la tentation de la chute. On est des maquisards de l'apaisement. Comme les autres, je résiste entre le marteau des douleurs et l'enclume des tourments.

Globe-trotter

Ces jours-ci, je repense souvent à Mathieu du Rugby Club Massy. J'étais très jeune et ce mec, d'une trentaine d'années, musclé, athlétique, le crâne rasé, courait été comme hiver autour du terrain, en short, souvent torse nu, sans chaussures dans la boue gelée. Il était notre légende, on parlait constamment de lui avec ma bande de potes. On l'imitait en rentrant de l'entraînement, en traversant Massy, avec nos sacs plus grands que nous à l'épaule. On voyait bien qu'il était original, à l'époque on disait qu'il était ouf. On spéculait, chacun avait sa théorie. Mais nous aimions parler avec lui, ses paroles étaient toujours profondes, même s'il semblait planer. Il accompagnait ses paroles de gestes martiaux. Je l'admirais beaucoup parce qu'il était solide, et courageux comme un samouraï à courir des heures durant dans le froid.

« C'est pour renforcer le corps et l'esprit », disait-il. Nous étions fascinés.

J'ai grandi en banlieue sud, au milieu d'un ensemble de personnages exceptionnels. Des proches de mes parents, de leurs enfants, de gens originaires du monde entier, d'enfants d'émigrés politiques. J'ai eu des amis venant de chaque continent, de toutes les religions. J'ai aussi grandi au milieu de la misère sociale, des tragédies humaines. À Massy, il y a quelques fous. On renommait chacun d'eux et on les saluait différemment. Ces derniers temps, je les recroise tous. Celui qui m'a le plus marqué c'est Mickael Jackson. On l'appelle comme ça parce que mon ami d'enfance, Mike Tadjer, aujourd'hui talonneur du Portugal et de Brive en Top 14, savait le motiver et le faire danser en deux secondes. Et de petit homme un peu chétif, il se mettait à imiter le vrai Mickael en pleine rue. Ce qui nous épatait, c'est qu'il dansait vraiment bien ! On se mettait à crier autour de lui pour le chauffer et qu'il ne s'arrête pas. Souvent ça marchait, on tombait par terre tellement on rigolait.

Auparavant, à Châtenay-Malabry, j'ai vécu jusqu'à 8 ans dans la cité HLM des Vaux Germains, en dessous de la fameuse butte Rouge d'où vient le footballeur Hatem Ben Arfa. Je me rappelle, il gagnait toujours la course des écoles, celle des grands. Moi dans celle des plus jeunes, j'étais toujours bien placé, mais c'est mon presque frère Mamadou qui la gagnait, et tranquillement. J'habitais les « Vauges », entre la cité que l'on appelait « des Yougoslaves », arrivés nombreux après le conflit de 1991, et le CREPS. Du balcon de notre appartement, je voyais sortir des sportifs de haut niveau. Je voulais devenir comme eux, avoir un beau sac et m'entraîner tous les jours.

J'ai été heureux dans cette cité, j'avais une belle bande de copains. On a fait toutes les bêtises de gosses. À chaque saison, son occupation. L'automne, on se battait avec des marrons ou on les jetait sur les passants depuis une colline du quartier. L'hiver, c'étaient les boules de neige et les guets-apens. L'été, on lançait des bombes à eau depuis les plus hauts étages des immeubles sur les gens. On jouait à chat dans toute la cité, on allait visiter notre école primaire quand elle était fermée.

On fabriquait aussi des comètes avec des pierres et les rubans de plastique qui délimitent les chantiers. On enroulait la pierre avec et on la faisait tourner au-dessus de nos têtes. Il faut la lâcher au juste moment pour qu'elle s'envole « parfaitement ». Ces quelques secondes en l'air sont comme une respiration, un moment suspendu. Je me souviens de cette soirée d'été, on en avait lancé une bonne centaine en quelques heures. J'ai fait tourner ma comète une fois de trop. On a entendu un bruit de vitre vers le sixième étage, une dame a commencé à crier en arabe, j'ai rien compris, mais c'était pas bon. Dans la nuit, j'ai foncé sans m'arrêter. Flopée de moineaux, ma bande a disparu en quelques secondes. Le bruit a vite couru que c'était moi qui avais fait le coup. Une heure après, la sonnette de notre appartement a retenti, je suis monté dans mon lit en faisant semblant de lire. Ce qui ne m'arrivait pas souvent à l'époque. Ma mère est arrivée, je pensais prendre la soufflante de ma vie. Elle m'a simplement demandé si c'était vrai, j'ai avoué : « Tu devras payer pour rembourser, ce n'est pas grave mais tu dois assumer », m'a-t-elle dit. D'accord, maman. J'avais 7 ans, c'est la première leçon dont je me souvienne.

J'ai connu mon ami Mamadou dans le bac à sable alors qu'on ne savait même pas encore marcher et on ne s'est quittés qu'à 9 ans, à mon départ pour Massy. Il venait en vacances avec ma famille, ma mère le faisait danser sur la musique traditionnelle française – parmi ses nombreux talents elle est professeur de danse folklorique ; avec son accordéon, elle peut faire danser cent personnes si elle veut. Chez lui, on dansait sur des musiques maliennes et les clips du Hit Machine, Charlie et Lulu.

On était dans la même classe. On se retrouvait le matin en bas de mon immeuble pour aller à l'école ensemble, le soir, après le même trajet, on ne se quittait que pour poser nos cartables dans nos appartements respectifs. J'ai connu les 400 coups, comme Truffaut mais version banlieue parisienne des années quatre-vingt-dix. J'ai été heureux comme ça avec ma bande. Mes parents me laissaient beaucoup de liberté, ça rend débrouillard.

Je passais pas mal de temps chez Mamad', je me souviens de sa maman, belle comme un masque africain. Je ne pourrai jamais oublier l'odeur de chez lui, elle a imprégné mon enfance. Ma première année en Italie, j'ai voulu marquer le coup et rentrer à Paris seulement à Noël. J'avais fait le choix de m'expatrier, je ne voulais pas rentrer dès que j'avais un week-end de libre. Cela ne correspondait pas à mon idée de l'aventure. Après quatre mois, Paris me manquait, ma banlieue me manquait. Les paysages, les perspectives, les odeurs, les couleurs et, plus encore, la nourriture. En Italie, on mange merveilleusement bien, mais c'est difficile de trouver d'autres cuisines. Je m'étais lancé sur du porc au caramel et un couscous, mais le résultat était moyen.

Une heure après l'atterrissage, je me retrouvais dans le RER B, ma deuxième maison. J'en avais les larmes aux yeux, les sens en éveil. Une dame d'origine africaine s'est assise à côté de moi, magnifique en habit traditionnel. Son odeur m'a frappé comme un direct de Jean-Marc Mormeck. Toute mon enfance est revenue d'un coup. Tout est sorti, le trop-plein d'émotion, les mois éloignés de ma terre et de mes proches.

Pour un enfant curieux et explorateur comme je l'étais, la banlieue sud a été un terreau fertile, un creuset de savoirs et de découvertes. J'avais le monde à portée de main. Je fêtais l'anniversaire d'une amie de parents exilés politiques cambodgiens. J'allais faire mes devoirs chez un ami iranien, dont les parents avaient fui l'ayatollah Khomeini. La semaine d'après, j'étais chez un camarade d'origine sénégalaise. Je partageais parfois l'iftar chez des amis pendant le mois du Ramadan. Les parents de mes amis étaient souvent des vrais banlieusards, d'autres venaient de partout pour le travail. Ce n'est pas le meilleur endroit pour vivre, on s'entasse, on ne voit pas beaucoup de nature. Si on habite là, c'est qu'on ne peut pas faire autrement. Mais si c'était à revivre, je ne voudrais d'aucune autre enfance.

J'absorbais tout, comme une éponge. La banlieue et mes parents m'ont appris la tolérance. Ils m'ont aussi appris la politesse et, pourtant, j'emmerde ceux qui méprisent ce monde et ses habitants. J'emmerde ceux qui veulent la nettoyer au Kärcher, ceux qui parlent de bruit, d'odeurs, et qui en sont fiers.

La banlieue, c'est un monde de gens qui souffrent, qui s'accrochent. La banlieue, c'est la France à la dure. Les contacts humains y sont souvent rudes et un regard trop appuyé peut parfois mal finir. J'ai aussi eu des moments difficiles, des bagarres, des embrouilles sévères. Je n'aime pas les conflits. Mais parfois il faut aller au charbon, on reste des hommes, on est des cons. Ça se finissait toujours aux poings avec quelques « nique ta race », mais ça s'arrêtait là. Peut-être que nous autres, hommes stupides, on devrait régler tous nos problèmes comme ça ? Une bagarre, un nez qui saigne, quelques insultes et basta.

Je suis retourné aux Vaux Germains il y a quelques mois. À part de nouvelles barrières pour les parkings, tout était là, rien n'avait bougé. Ni les arbres, ni les bancs, ni l'épicerie où on volait des bonbons. Mes potes d'enfance non plus n'ont pas bougé, ils étaient presque tous là où je les avais laissés. L'égalité des chances est un mythe. Un mensonge pour bonnes consciences. Pour mettre la poussière sous le tapis et continuer à faire semblant.

À Massy, mon père a acheté un pavillon, il a tout retapé avec ses amis et les tontons. On avait une cheminée et un escalier. Une chambre pour chacun, mais avec Mamadou, on mourait de chagrin. J'ai arrêté le foot, je voulais devenir breakdancer et j'ai commencé la gymnastique pour progresser. Quand j'ai découvert le rugby, tout le reste était fini.

Je suis le produit de mon quartier et d'un château d'une amie de ma mère, où je passais des après-midi entiers. Je suis les insultes prononcées et entendues, et les livres que j'ai lus. Je suis les films que j'ai vus avec Mamadou, Mortal Kombat et Jean-Claude Van Damme. Et les moments avec mes grands-mères, les comédies musicales, Gene Kelly, Johnny Weissmuller en Tarzan. Je suis l'amour de ma mère et l'odeur du vieux cuir de mon père quand il rentrait du travail le soir. Le bruit ancré des clés dans la serrure, nos courses effrénées jusqu'à la porte d'entrée. On sautait sur lui, il nous attrapait tous les trois au vol. Sa progéniture accrochée, comme des pommes trop mûres prêtes à tomber. Entre ses bras musclés et précis de demi de mêlée, je prenais une grande inspiration. Cette odeur est allée se loger quelque part dans mon cerveau. Dans la réserve secrète, la cave du baron. Celle que l'on n'ouvre que pour les grandes occasions.

Je suis les semaines d'été dans les parcs nationaux français. À pied, à l'aventure, à la débrouille. Avec mes parents, les vacances étaient de la plus haute importance. On n'avait pas les ronds, il fallait être inventif. La forêt comme centre de vacances, une tente canadienne comme lit king size, nous cinq serrés. Les étoiles, on les comptait ensemble, allongés dans la montagne, pas sur les devantures des restaurants. On a dormi dans des granges prêtées par des paysans. Ma mère nous racontait des histoires dans les bois éclairés par la lune. Je voudrais encore parler de mes parents. Mais essayer de les décrire, c'est déjà les réduire. Je m'arrête maintenant.

Octobre 2016

Hôpital/Périphérique

Je franchis une nouvelle étape, un nouvel obstacle, une nouvelle opération à l'hôpital Bichat. J'y suis pour la troisième fois. L'hôpital le plus urbain, preuve en est le tableau de street art de John One dans le hall. Entre le XVIIIe au sud et le périphérique au nord, les vues sont saisissantes. D'un côté Paris, de l'autre Saint-Ouen et Saint-Denis, avec le reste du 93.

Une nouvelle opération avec vue sur le quartier du centre de Saint-Denis où se trouve la rue du Corbillon. Lieu exact où a été tué l'homme qui m'a entraîné dans cette épreuve qui dure depuis de longs mois déjà et continuera sûrement toute ma vie. Lui est mort à deux kilomètres et moi je tiens bon. Je ne tombe pas, je ne plie pas. Je ne ressens même aucune haine contre lui, ni aucune satisfaction à parler de sa mort.

Les seules balles que je tire sont ovales, je vise entre des poteaux.

Ma chambre donne sur le périphérique. Précisément sur une section d'environ 200 mètres entre la porte de Saint-Ouen et la porte de Clignancourt. C'est très impressionnant, un spectacle saisissant. Je passe des heures allongé, la tête tournée vers la gauche, à regarder ces milliers de voitures emportées dans une ronde monotone. J'ai toujours aimé y rouler la nuit, on se croit dans un film de Jacques Audiard avec les passages sous les tunnels et les lumières. Je vais tenter de comprendre un peu mieux cette ceinture qui ferme ma ville, ce monde à part, ouvert à tous, mais finalement méconnu. Peut-être les seules personnes qui le connaissent vraiment sont les oiseaux de nuit. Je ne vais pas beaucoup dormir, je vais être privilégié.

Je regarde les voitures rouler sur cet espace délimité et j'invente mille scénarios. Je vois des go-fast à chaque Audi ou Porsche Cayenne qui passe. Quand c'est une Peugeot, j'imagine une équipe de la PJ se rendant sur une scène de crime dans les canaux larges du nord de

Paris. Un camion d'une entreprise d'électricité vient de passer, j'y ai vu un soum policier revenant d'une longue planque devant un tripot de La Chapelle. Il faut vraiment que j'arrête les polars…

15 h 26 : le périphérique est plutôt fluide.

Peu de personnes dans le monde ont la chance de pouvoir s'exprimer dans leur vie. Certains chantent, d'autres peignent ou jouent de la guitare. Moi c'est face à une ligne de défense et deux rideaux de couverture, entouré de mes coéquipiers, que je me sens à mon aise. Je suis libre, un ballon dans les mains, sur un terrain. Comme un trompettiste pendant un solo, un sprinteur visant un chrono, un peintre avec son pinceau.

Je voyais les trous, les cassures dans les montées défensives, j'analysais les positions de mes défenseurs directs pour tenter quelque chose. Je lisais la position de la couverture de l'arrière, aidé de ses ailiers pour comprendre le meilleur coup de pied possible, sa vitesse, sa hauteur, son angle. Je lisais les courses de mes copains pour passer sur 10 mètres un ballon qui doit lui arriver parfaitement dans les mains. Je me sentais bien lorsque je maîtrisais mon sujet, lorsque mon esprit et mon corps ne faisaient qu'un pour accomplir le mouvement voulu et nécessaire au moment idéal. Je ressentais dans ces gestes un plaisir difficilement égalable.

16 h 23 : le périph commence déjà à se charger. Vivement cette nuit.

Une chute lente et progressive vers l'avant, inéluctable. En réanimation, je sentais mon corps dans un vide liquide, comme un fœtus dans le ventre de sa mère, mais en mouvement perpétuel, en galipette avant. J'ouvrais alors les yeux difficilement, le crâne lourd. J'étais dans ma chambre, mon corps ne bougeait pas. Alors je refermais les yeux et la chute reprenait exactement où elle s'était arrêtée. J'étais dans des limbes, un monde étrange, entre la réalité et le rêve. Je suis resté une semaine entière dans cette seconde où l'on entend le réveil se déclencher alors qu'on dort profondément. Dans une stupeur malsaine, assailli de visions d'horreur et de pensées terribles, l'influx de mon cerveau pour me faire tenir. Harnaché de courage pour affronter cela et ne pas montrer mon état réel à mes proches.

Souvent mon esprit dessinait des villes entières, des métropoles dans lesquelles je me baladais en volant. Mais elles restaient noires, mortes, dessinées par de fins traits rouges.

La seule vision que j'ai appréciée a été un rêve étrange où je survolais Venise de très haut, mais où se dressaient des monuments de Paris. Je volais entre les nuages en découvrant Beaubourg et Notre-Dame au milieu de la lagune.

J'avais des hallucinations, j'entendais mes parents dans la chambre dès que je fermais les yeux. Ils ne parlaient pas, mais j'entendais leur respiration. Leurs pas, mon père qui toussait, ma mère qui soupirait. Quand j'ouvrais les yeux, j'étais seul. Je croyais qu'une cascade coulait derrière moi. Mais cela venait du bruit des tubes d'oxygène qui me rentraient dans le nez. À chaque réveil, j'avais l'impression d'avoir été déplacé dans une autre salle. Je ne reconnaissais rien. J'imaginais des dialogues entre des personnes réelles ou imaginaires.

La pire des hallucinations était une image lancinante qui ne me quitta jamais lors des premiers jours. Je voyais des orties très hautes, plier sous la force de l'eau sortant d'un tuyau d'arrosage puissant. Le jet d'eau passait dans chaque recoin, touchait chaque plant d'ortie.

Au moins les orties ne saignent pas. Au moins un jet d'eau ne tue pas.

Pensée positive et vaniteuse : j'ai pris une balle dans le tendon d'Achille. Je ne suis pas mort comme lui. Je cours à nouveau, je saute. Ma blessure est homérique, ma reprise est héroïque.

19 h 45 : le périph est bouché.

Le périphérique parisien est comme la ceinture qu'un homme aurait achetée à 20 ans alors qu'il avait une ligne parfaite. Au fil des années, la ceinture s'est mise à le serrer. Il a fait du gras, il se retrouve engoncé.

Après les opérations des côtes je me sens exactement comme cela : coincé, comme si un élastique me serrait continuellement la zone opérée. Je me sens comme Paris, à l'étroit dans mon propre corps que je ne reconnais plus.

Lorsqu'on voit passer des dizaines de milliers de voitures par jour sous sa fenêtre, les priorités changent, seul compte l'horizon dans ces longues journées pour renaître. Le corps en arrêt, le regard dans le vide, le cerveau luttant contre le mal-être. Les immeubles s'étirent à l'horizon comme une forêt de hêtres. Mon regard couvre tout le nord de Paris sur des dizaines de kilomètres.

Interrogation du soir : combien de voitures sont passées sur cette parcelle de périphérique depuis sa construction en 1973 ?

21 heures : le périph intérieur est complètement bouché depuis deux heures, sûrement à cause du match France-Bulgarie au Stade de France et des départs en week-end.

On nous dit qu'entre peuples, il est impossible que l'on cohabite, qu'il est impossible que l'on s'aime.

Un jour, j'irai à Jérusalem.

Adolescent, à la fin de l'été, j'étais bronzé et les cheveux rasés, la police me demandait mes papiers, on me disait métèque.

Un jour, j'irai à La Mecque.

Puisqu'il faut aimer, je choisis d'aimer le monde entier et le détester aussi, et pas seulement lui ou elle.

Un jour, je marcherai sur les chemins de Compostelle.

Le périphérique est un mouvement perpétuel. Un système bien huilé se répétant sur sept jours avec ses spécificités. Le lundi, la circulation est légèrement moins dense, le samedi et dimanche on y roule plus paisiblement, sauf le samedi de 17 heures à 23 heures.

Instant lucide : j'ai 27 ans, j'ai déjà subi six opérations lourdes et une légère. J'ai plus de 80 centimètres de cicatrices sur le corps. J'ai pas mal de titane sous la peau, des morceaux de balle dans la jambe.

J'ai vécu treize mois de ma vie en fauteuil roulant ou avec des béquilles.

Je ne me permettrai jamais de me plaindre, mais parfois je suis fatigué.

23 h 07 : le périph est de nouveau fluide.

« Périphérique » est un des nombreux mots redevenu familier. Revenu dans mon langage courant depuis que je passe plus de temps à Paris qu'en Italie. J'en aime certains comme fraternité, sauce samouraï, tartine pain-beurre, paupiettes de veau, RER B, boulevard, Bateaux Mouches. Il y en a certains que j'aurais préféré oublier comme embouteillage, colis piégé, état d'urgence, Robert Ménard.

Chaque jeune fumant sa première cigarette devrait passer quelques heures à l'hôpital dans un service thoracique. Cela serait bien plus efficace que les photos dégueulasses d'opérations à cœur ouvert, de bouches aux chicots pourris. Un moment entouré de ces hommes zombies aux poumons de Gitane maïs ferait réfléchir les plus récalcitrants. Je les entends s'arracher la gorge et cracher du sang. Je les entends vivre leurs derniers mois, regrettant peut-être ces milliers de paquets inhalés, ces milliers de clopes aspirées. La première dès potron-minet, dans le jour naissant. La dernière trop tôt dans la vie, souvent agonisant.

On a failli me retirer un poumon. Mon père m'a offert le maillot de Matuidi pour la rééducation. Il donne tellement sur le terrain qu'il semble en avoir trois. Pour sa force, je porte dans mon dos son nom et son numéro. À mes premiers points marqués, je voulais danser le *charo*.

Recommencer quasiment à zéro le chemin de croix pour retrouver un corps de sportif de haut niveau. C'est dur, c'est rageant, mais c'est comme ça, je suis prêt. Je pensais être arrivé aux limites de mes réserves mentales, mais finalement je suis là, prêt à me refaire ouvrir et récupérer au passage une nouvelle plaque en titane.

Le coup est dur, j'y étais presque. Je voyais le bout du tunnel et le voilà rallongé de plusieurs kilomètres. Mais je ne me plains pas, je ne l'ai jamais fait, je ne le ferai jamais. Je suis un privilégié.

J'ai décidé seul de rejouer au rugby. Beaucoup de médecins, de chirurgiens m'avaient fait comprendre que ça ne serait plus possible. Je devais assumer les conséquences d'une telle décision. Une nouvelle opération ? Ferme-la ! C'est toi qui l'as voulu. Accepte et encaisse. Même si j'avais dû subir vingt autres opérations pour me permettre de revenir sur un terrain, je l'aurais fait. Je n'aurais pas pu vivre avec la sensation de l'abandon, sans être allé au bout.

Alice passait une grande partie de sa vie sur ses mains, elle a pris une balle dans le bras.

Je courais pour gagner ma vie, j'ai pris des balles dans la cheville, la cuisse et le poumon.

C'est ma sœur qui a fait cette observation il y a quelques mois.

Aujourd'hui, dans un de ses longs messages d'amour, elle m'a dit que les épreuves les plus difficiles arrivent aux gens capables de les relever.

Ma sœur, c'est mon héros.

Street Cred

Aïda me tient la main. Serge est debout à côté de moi. Je suis ailleurs, mon esprit flotte dans le blanc, quelque part au-dessus de mon corps. Les portes de l'ambulance s'ouvrent. La voix de Serge quelque part, très loin : « Blessures importantes au thorax et la cheville, 26 ans, sportif. »

Une demi-heure plus tard, j'ai repris un peu de conscience, allongé dans une grande salle médicale. Je suis en caleçon, celui du Stade Français que le président Max Guazzini nous avait offert après ma première présence en équipe première. On avait gagné contre Biarritz au Stade de France. Un baptême du feu devant 80 000 personnes, même si j'étais resté sur le banc des remplaçants. Dans les vestiaires je m'étais assis à la place de Zidane, je la connaissais grâce au documentaire *Les Yeux dans les Bleus*. Allez Ari, c'est le moment de muscler ton jeu.

Tous mes vêtements ont été coupés aux ciseaux, même la ceinture de mon grand-père. J'aurai le seum s'il y a un plus tard. Mon esprit s'est accéléré, il s'attache à chaque détail. Il y a une opération à côté de moi, je tourne difficilement la tête. Un homme se fait réanimer, comme dans *Urgences*. Enfant, je sortais de mon lit et me cachais derrière la porte pour en gratter quelques minutes, ma mère ne regardait que ça à la télé. Le générique sera toujours associé au blues du dimanche soir. Merde, je me disperse. Je contrôle le moniteur, je maintiens mon esprit concentré sur les battements, sur mon souffle. Mon esprit se calme, je suis complètement shooté. Ça va, quand je ne bouge pas j'ai pas trop mal. Bastien arrive dans mon champ de vision rétréci, je tourne difficilement la tête. Il me prend la main, se baisse à ma hauteur :

« Ça va mon gars ?

– Ouais, et Alice ?

– Elle est arrivée, elle me dit de te dire qu'elle t'aime.

– Regarde… »

Avec mon index gauche je pointe mon trou dans la poitrine. L'entrée de balle est nette, précise. Je trouve la force de sourire :

« Street Cred, mon gars, Fifty Cent…

– Grave, qui peut te stopper ? Fifty Cent, hein, FIFTY CENT !!!!! »

Banc 8.6

Je suis devenu frileux. J'avais toujours été une bouillotte, le genre qui dort sans couette de mars à novembre. J'ai des cousins comme moi. C'est sûrement mon grand-père qui nous a transmis ça, il a passé sa vie dans les hauts-fourneaux, c'est peut-être une preuve de l'Évolution. Il a réchauffé notre sang pour plusieurs générations. Maintenant, j'ai au moins quatre épaisseurs de vêtements sur moi, mais j'ai toujours froid. Quand je suis sorti de l'hôpital pourtant, je ne recherchais que la fraîcheur, j'étais tout le temps en short. En plus c'était bien plus facile pour le plâtre de ma jambe gauche. Je m'asseyais sur le banc devant chez moi, qui sert habituellement aux buveurs de 8.6. C'était devenu mon banc, mon poste d'observation. J'y allais en fauteuil roulant, accompagné par quelqu'un, et j'envoyais un message pour qu'on vienne me rechercher. Au début, j'imaginais ce que j'aurais été en train de faire à ce moment précis si on était rentrés chez nous normalement le 13 novembre avec le dernier RER. Et, doucement, j'ai arrêté de trop penser. Parfois, le soleil d'hiver tapait sur moi, après tout cet enfer. Je regardais les enfants rentrer de l'école, les vieilles dames aller chercher leur repas du jour.

Je me faisais penser à ce vieux monsieur que je voyais en Auvergne dans le village de ma grand-mère Cécile, quand j'étais enfant. Il passait toute sa journée à regarder les voitures sur une route peu utilisée. On pouvait passer à n'importe quelle heure, on savait qu'il était là. Ça m'hypnotisait, mais j'avais beaucoup de peine pour lui. Je pensais à tous les endroits qu'il ne connaîtrait jamais. Mais peut-être qu'il aimait regarder les voitures, et que ça lui allait bien.

Dans les moments de demi-sommeil, j'ai parfois des pensées qui viennent de très loin. Des confins de mon esprit. J'entends des tirs, des cris d'horreur de femme. Les premières fois, je me redressais dans mon lit en sursaut, en regardant derrière moi. Je mettais quelques secondes avant de comprendre que ces hurlements venaient de ma tête. Parfois je n'entends qu'un tir, un seul. Il est si fort qu'il pourrait me perforer les tympans. Je n'arrive pas à me rappeler si j'essaie, mais, dans cet entre-deux, des souvenirs resurgissent. Après c'est compliqué de m'endormir. J'accepte, j'écoute de la musique, je lis. Je ne dors vraiment qu'entre quatre et huit heures et demie. En ce moment, je vis la nuit comme une chauve-souris, comme un dandy, comme un bandit, comme un mec qui a des problèmes psy.

Lune

Sur ma rétine, délicate, s'imprime chaque nuit,
La lune, impassible, qui jamais ne me nuit.
Fidèle camarade sur qui je peux toujours compter,
Depuis mon enfance où son rôle m'était conté.
Tu seras là jusqu'à mon dernier souffle de vie,
Amie précieuse tu resteras la plus belle chose que je vis.

Il me reste tant d'ascensions de soleils et de levers de lune,
Je ne saurais dire si je préfère l'un ou si je préfère l'une.
Je continuerai à marcher dans le noir en croisant des fêtards,
Je me sens bien l'hiver dans le froid, lorsqu'il se fait tard.
Je te sens au-dessus de moi, m'observant immobile dans le vent,
Tu m'as aidé à tenir, ne pas devenir souvenir, rester vivant.

Ma faute

Je suis arrivé au Stade Français à 18 ans. Fabien Galthié, alors entraîneur, m'a intégré au groupe professionnel dès le début de saison. Je sortais tout juste de mon année de terminale, j'étais jeune, naïf et idéaliste. J'arrivais dans ce monde étrange où l'on joue pour gagner sa vie. J'ai encore du mal à accepter cela aujourd'hui. Peut-être à cause du sang ouvrier et paysan qui coule dans mes veines, cela me semble illogique.

Je me rendais compte que l'intérêt personnel prenait le pas sur la cause collective. J'étais déçu, je remettais en cause cette existence. Elle ne me plaisait plus tant que ça, je ne la comprenais pas, comme les rapports humains au sein de l'équipe. Je me sentais étranger. Comme un raciste à Aubervilliers, comme un pyromane au bal des pompiers, je me demandais ce que je faisais là. J'avais tout sacrifié pour cette vie, mais je n'étais plus sûr de la vouloir.

Jusqu'à mes dernières semaines en tant que rugbyman professionnel, je n'ai jamais cessé de m'interroger. J'ai du mal à accepter ce quotidien basé sur soi : on se préoccupe de son corps, de son alimentation, de son sommeil. Être pro, c'est tout mettre en œuvre pour être prêt et performant au juste moment. C'est un quotidien d'égoïsme. Pour être bon sur le terrain, il faut être nombriliste. Il y a ensuite de nombreux paramètres collectifs à gérer. Une équipe est un microcosme, une sorte d'organisme vivant avec ses forces et faiblesses, avec ses états d'âme, des baisses de forme. Il faut le comprendre et le gérer. En Italie, j'ai découvert beaucoup de choses que je ne voyais pas avant. J'ai compris la force collective qui émane d'une équipe qui est en confiance. La façon dont elle monte en puissance au fur et à mesure de la semaine pour arriver à son paroxysme à la fin du dernier entraînement collectif. Celui de veille de match, le fameux *team run*, l'entraînement du capitaine. On se rassure, on récite. Les regards sont importants. Le langage du corps compte énormément, surtout de la part des leaders dont je faisais partie, tout doit être maîtrisé, tout doit être sous contrôle. Enfin, au moins ce qui est entre nos mains. Le rugby est un sport d'adaptation, un sport tactique en même temps qu'un sport de combat. Les grandes équipes sont celles qui contrôlent au mieux ce qui est contrôlable et qui ont les moyens de répondre le mieux possible aux paramètres inconnus.

Malgré tout, l'idée de l'inutilité de cette vie n'a jamais cessé de me hanter. Toute cette énergie, tous ces sacrifices depuis tant d'années, pourquoi ? Pour moi seul, finalement. On ne fait rien avancer, on n'aide personne, on ne participe à rien. J'ai eu dans les pires moments le sentiment que je gâchais ma jeunesse inutilement. Avec ma capacité de travail et ma détermination, j'aurais pu faire de bonnes études, travailler dans l'humanitaire, nourrir de beaux projets, donner mon temps et mon énergie pour faire progresser une cause.

Depuis que je suis sportif professionnel, je dois vivre avec cette sensation coupable. Quand tout allait bien, quand j'enchaînais les bons matchs et que j'avais la sensation d'avancer dans la réalisation de mes objectifs, j'y pensais moins. Mais lorsque je ratais un match, que je faisais du surplace, alors ces interrogations me torturaient le cerveau. Cette remise en question permanente ne me laissait que peu de repos. Je l'apaisais avec la pensée que je compenserais plus tard ces vingt années d'égoïsme. Mais je ne pensais jamais ça des autres sportifs professionnels, seulement de moi.

Ma dernière année au Stade Français a été un vrai désastre à tous points de vue. Cela devait être mon année. Je devais prendre ma place en équipe première, montrer qu'ils pouvaient compter sur moi. Chez les jeunes et en équipe de France junior, j'avais prouvé que j'étais prêt. Mais une série de petits événements, le changement d'entraîneur, une fracture à une vertèbre lombaire en stage à Tignes, les coaches qui préfèrent un autre joueur, des mauvais entraînements de ma part et, en un mois, j'étais complètement sorti du projet. J'ai compris que je ne jouerais pas de l'année. Il me restait un an de contrat en plus de la saison en cours. La situation était catastrophique, j'en avais conscience. Enfin, les autres m'ont bien aidé à le comprendre. Je suis observateur, on ne peut pas trop me feinter. Je voyais que tout le monde avait compris que j'étais devenu inutile. Beaucoup ne me serraient plus la main, dont le président. On ne me regardait plus dans les yeux, on m'ignorait. Les mois passaient, sans toucher la chasuble de titulaire à l'entraînement, je portais les boucliers. J'aurais préféré qu'on me dise d'aller me faire foutre, j'aurais préféré un coup de tête. L'indifférence, cela fait bien plus mal. C'est un poison insidieux qui affecte chaque compartiment de la vie. Je n'avais plus confiance en moi pour quoi que ce soit. Je ne connaissais qu'un seul remède : le travail. Je savais que la confiance ne viendrait que de l'estime que j'aurais de moi et que personne ne m'en ferait cadeau.

J'ai mis un grand coup de pied dans ma propre fourmilière, comme j'en suis coutumier. J'ai arrêté les études d'ostéopathie et je me suis entraîné deux fois plus. L'ostéopathie ne me menait nulle part. J'adorais ce que j'apprenais, mais je savais que ce n'était pas ma vie. Le travail personnel était monstrueux et le prêt étudiant ne faisait qu'augmenter. Je me suis demandé ce que je voulais vraiment faire, au fond de moi. Et je me suis inscrit à la Sorbonne en première année d'histoire. Je suis arrivé en décembre, presque avec un semestre de retard. J'ai salement travaillé et j'ai validé mon année.

Le club essayait de m'éloigner de l'équipe première, ne voulait plus me voir aux entraînements. Je n'en ai plus raté aucun. J'arrivais avec ma tête d'innocent et je faisais celui qui ne savait pas. Je me suis mis à aller à chaque entraînement des espoirs également, pour être absolument irréprochable. Pourtant, je n'étais pas tenu d'y participer en semaine. Je savais que ça allait mal tourner pour moi et je ne voulais avoir aucun regret. Je faisais des journées à rallonge. J'avais un contrat et des sous, cela m'enlevait un souci. Mon moteur était ma fierté, je pensais : « Vous voulez ma peau ? Vous allez y arriver, vous en avez le pouvoir, mais je ne lâcherai rien. » Je pensais aussi à mon futur. Le Stade Français resterait un échec, ma fierté c'était d'avoir tout donné même dans un contexte pareil. Certains joueurs de l'équipe espoir me parlaient du respect qu'ils avaient pour moi à me voir m'accrocher, cela me rechargeait à fond, ces petites phrases m'aidaient beaucoup. En fait, il suffit de pas grand-chose, une main sur l'épaule, quelques mots pour donner un sens à nos combats.

Je suis devenu le mec insupportable à qui tu fais tout pour le mettre à terre mais qui se relève toujours. Comme un morpion, comme le matou dans la chanson.

Cela me bouffait de l'intérieur, je n'en dormais pas la nuit. Je rêvais de trucs horribles. La rage me rongeait.

Le sportif a ensuite déteint sur le personnel, comme chez tout sportif de haut niveau, les deux sont intimement liés. J'ai accepté des choses, je n'aurais jamais dû. Mais j'avais peur pour mon futur déjà incertain, j'étais en proie à une grande instabilité. Il me restait un an de contrat et les moyens qu'ils ont utilisés pour se débarrasser de moi en toute légalité m'ont laissé une sensation de trahison et de petitesse. Surtout venant d'adultes censés se montrer bienveillants. Tout ce que j'entendais n'était pas une mauvaise blague. Dans beaucoup de milieux, on existe tant qu'on représente un intérêt et, pour eux, je ne représentais plus rien, juste un mauvais investissement.

Une blessure s'est ouverte en moi et ne s'est toujours pas refermée, je reste meurtri de ces années, j'ai trop déchanté. J'ai perdu ma naïveté, comme une leçon trop précoce. Je n'étais plus à l'école de rugby, j'étais dans le rugby professionnel. Dans le monde du travail, avec ses intérêts financiers capables de changer les hommes. Pour continuer, je devais évoluer, oublier mon idéalisme, être moins sensible.

Je ne le savais pas encore mais de tels changements m'ont permis de me préparer pour les mois qui ont suivi les attentats. De n'avoir rien lâché, j'ai tiré une grande fierté et une grande confiance en moi. Je savais que je pouvais le refaire, je reste déterminé même en terrain miné. Peut-être devrais-je les remercier de m'avoir appris jeune à tenir bon dans un environnement malsain. De m'avoir préparé à quelque chose de plus dur, tel un vaccin. De m'avoir entraîné à lutter dans la difficulté, comme un fantassin.

Il m'est bien sûr déjà arrivé de faire des trucs dont je ne suis pas fier. Je me suis inventé des excuses pour les légitimer même si, au fond de moi, je savais que je me cachais la vérité, que moi aussi j'avais merdé. J'imagine que c'est pareil pour les autres.

Mais je n'ai jamais cherché les raisons de mon échec au Stade Français ailleurs qu'en moi-même. Je me suis éparpillé, je n'ai pas su rectifier mes points faibles assez tôt.

Ces années difficiles m'ont blindé et m'ont permis de me créer une carapace. Elles ont forgé mon mental et renforcé ma détermination. Elles m'ont aussi montré que je ne croyais pas dans ce mode de fonctionnement. Je ne suis désormais plus un jeune joueur. Je connais mon influence dans mes équipes, j'ai essayé en Italie d'être le joueur que j'aurais aimé trouver sur ma route. Un joueur attentif à ses coéquipiers, qui ne fait pas semblant quand l'un d'eux va mal. Quelques mots de confiance, d'amitié suffisent à tout changer dans la tête d'un joueur en difficulté. On peut le faire repartir en lui montrant qu'on se soucie de son sort, que cela ne nous est pas égal. J'essaie toujours de montrer aux jeunes joueurs qu'ils sont autant à leur place qu'un ancien dans l'équipe.

Avec Marco Filippucci, le capitaine de Mogliano, nous avions beaucoup parlé de ces questions durant l'été 2015. Nous avions théorisé une stratégie pour créer une équipe forte en quelques mois, car nos ambitions étaient élevées. Cela avait parfaitement fonctionné. Pour la première fois de ma carrière, j'étais persuadé de notre victoire finale, le scudetto était pour nous. Mais l'équipe a pris du plomb dans l'aile au moment où j'en prenais dans la poitrine.

J'aime cet homme, il incarne la classe à l'état pur. Grand joueur, immense capitaine, enfant du pays, attentif à tous, humble, courageux, disponible à tout moment et toujours à la pointe du combat. Filippucci incarne les plus belles valeurs du rugby. De tels personnages me permettent de garder la foi. Je pense aussi à Pierre Rabadan, Bakary Meïté ou encore Matteo Rossi à Piacenza, que j'ai eu l'honneur de connaître.

Je me suis redécouvert en quittant le Stade Français. J'avais des propositions en division 2, à l'étranger, mais je suis retourné à Massy en fédérale 1 (la troisième division française). Le projet sportif était beau, et je ne voulais pas arrêter ma licence d'histoire que je venais de commencer à la Sorbonne. Il fallait la valider avant de partir pour d'autres aventures. J'ai donc vécu une année extrêmement difficile, entre la deuxième année d'histoire et le feu sacré qui brûlait en moi pour monter en Pro D2. Sur quarante équipes, seules deux obtiendraient ce Graal. Avec les autres recrues, on a réussi à donner le meilleur pour ce groupe constitué de Massicois de souche et de mecs venus du monde entier, totalement adoptés et incorporés. Je retrouvais ma ville, mon club, j'avais gardé mon appartement dans le quartier Latin, j'allais à l'entraînement en mettant mon vélo dans le RER B. C'était parfait, j'étais dans mon monde.

On avait des maillots sur lesquels étaient dessinés des bâtiments de Massy, on était fiers. La victoire en demi-finale contre Lille à Massy, qui nous a amenés en Pro D2, reste l'un des plus beaux moments de ma vie. Le club investissait depuis six ans avec des joueurs confirmés. Nous, on l'a fait avec 60 % de mecs formés au club, et les autres devenus aussi banlieusards que nous. L'autre demi d'ouverture de l'équipe était mon parrain au pôle espoirs Lakanal, Benoît Bonetti, de deux ans mon aîné et que j'ai toujours admiré. C'est un garçon d'une gentillesse et d'une prévenance rares. Et surtout, quel joueur, la classe pure ! On était en concurrence frontale puisqu'on voulait tous les deux jouer les gros matchs, mais on l'a fait dans l'amitié, sans jamais se mettre de coups de pute. Cela me changeait de ce que j'avais connu. On est allés jusqu'au bout, jusqu'à ce match fatidique qui pouvait nous amener au paradis ou en enfer.

Quand le coup de sifflet final a retenti, on volait. J'effaçais mes années de cauchemar au Stade Français, devant tout Massy. Devant nos familles, devant nos frères de l'école de rugby. Devant les anciens joueurs qui nous avaient fait rêver. Dans l'équipe, Mike Tadjer, avec qui je jouais depuis l'âge de 12 ans, avait vécu la même expérience que moi, mais au Racing. On était revenus ensemble à Massy, on vivait notre apothéose, nos couleurs sur le dos.

La pelouse a été envahie en quelques secondes, les gens criaient, pleuraient. Je n'arrivais plus à respirer. Au milieu des supporters, j'ai vu mon frère marcher tranquillement vers moi, un grand sourire sur le visage, il m'a attrapé et j'ai pleuré pendant deux minutes sans m'arrêter dans ses bras. Toutes les tensions retombaient d'un coup, les rêves brisés, les frustrations, les humiliations, la colère, l'injustice. Tout ce que j'avais subi en me disant que je leur montrerais qu'ils s'étaient trompés.

Autour de nous, c'était la folie. Mon frère m'a chuchoté à l'oreille que j'avais des couilles et que j'étais un bon. Pour ceux qui ne parlent pas son langage, je traduis : « Je suis fier de toi. » Alice, ma sœur, est arrivée et s'est accrochée à nous. Mes parents nous regardaient depuis la tribune. Nous étions un phare dans la tempête, les vagues de supporters passaient autour de nous, on ne bougeait pas, solides.

Encore aujourd'hui, je préfère avoir vécu ces longues années de galère et de travail acharné pour ces quelques minutes d'intensité pure avec eux. Plutôt que d'avoir dû tricher pour y arriver, plutôt que de m'être mal comporté, plutôt que d'avoir enfoncé quelqu'un pour réussir. Je n'ai pas trahi mon éducation, ni dérogé à mes valeurs. Cela m'aide beaucoup à être en paix dans ma tête. Moi avec tous les autres. On y est tellement nombreux qu'on devrait me vouvoyer.

Formation

Les deux premières années au Stade Français, c'était un marathon. La période la plus difficile de ma courte vie. Des journées blindées, je n'arrêtais jamais.

J'étais dans le championnat espoirs à 18 ans, je m'entraînais régulièrement avec l'équipe pro, je faisais les tournées avec l'équipe de France des moins de 19 ans, mais je n'avais pas de contrat. Je n'étais même pas inscrit au centre de formation, je ne bénéficiais donc d'aucune aide financière. Je disposais d'une chambre dans un internat sportif, collé au Parc des Princes, à la porte de Saint-Cloud. On trouvait là les handballeurs du PSG et des judokas de haut niveau. C'était une sensation bizarre de revenir en internat après le château de Lakanal. Ma chambre était maintenant à dix mètres des voitures du périphérique. Mais vivre quasiment dans le Parc des

Princes, c'était fou. J'ai commencé à me payer des places pour aller voir certains matchs. Avant les Qataris, le parc, c'était vraiment pas cher, alors je pouvais y aller. J'étais raide comme la justice, mon compte en banque oscillait entre plus 20 et moins 50 euros. J'avais souscrit un prêt étudiant pour l'école d'ostéopathie et ça pompait déjà pas mal sur mon compte.

Heureusement, une fois par mois, on recevait les primes de match, environ 70 euros par rencontre. La semaine, j'enchaînais cours et entraînements. Le samedi était mon seul jour de repos étant donné qu'on jouait le dimanche. J'allais souvent travailler au black dans une société à empaqueter des vêtements vendus sur internet. Je ramassais 50 euros en liquide pour huit heures de travail. Cela m'aidait beaucoup, mais les semaines étaient longues. À 16 ans, j'avais déjà travaillé brièvement chez DoMac. En juin, quand les terminales passaient le Bac. Entre les entraînements avec les différentes sélections, je faisais des Deluxe et des Mac poissons.

Je ne voulais pas demander d'argent à ma famille, je voulais m'en sortir tout seul. Je l'ai raconté à mon père, il y a quelques semaines. Il ne s'était pas rendu compte à quel point c'était dur pour moi pendant ces années-là. Je le cachais bien sûr. Je trouvais normal de galérer, cela fait partie du parcours. Mon père a travaillé dès l'âge de 14 ans dans la menuiserie. Il a fait ça de nombreuses années, puis à l'usine pour empaqueter des yaourts, tout en suivant ses études. Ma mère aussi a travaillé très jeune. C'était comme ça dans ma famille, des deux côtés, c'était la dèche, alors fallait aller au turbin, c'est tout.

Je passais un temps fou dans les bibliothèques parisiennes. Je devais toujours rattraper mes retards et préparer des examens. C'est bien plus facile de travailler avec ces centaines de personnes autour de toi qui taffent comme des malades, c'est motivant. Même si tu en as marre, tu fermes ta gueule et tu bosses.

C'est comme une communauté qui se retrouve tous les jours au même endroit. Avec ses codes aussi, la bouteille d'eau par terre, l'heure des pauses, boules Quiès ou musique. Mais une communauté où on ne parle pas, on s'observe juste de temps en temps pour savoir ce que font les autres. À la bibliothèque Sainte-Geneviève, il y a des gens beaucoup plus âgés, dont certains ressemblent à des savants fous, qui étudient dans des vieux livres et prennent des notes. Ils sont là tous les jours, comme les vieilles lampes et les superbes fenêtres qui donnent sur le Panthéon, ils font partie du décor. J'y ai beaucoup travaillé avec mon ami Étienne.

On s'est connus le jour de notre premier entraînement au Rugby Club Massy avec Bastien et les autres. On travaillait souvent ensemble toute la journée avec des pauses où on se marrait. On avait donné des noms à chacun des personnages qu'on voyait tous les jours. Parmi eux, il y avait le génie, le dragon, le chercheur ou Inès Glaoui. J'ai croisé le génie il y a quelques jours, on s'est regardés et je sais qu'il sait qu'on s'est reconnus. Il faudrait inventer un signe de ralliement à tous les étudiants qui passent plus de temps dans les bibliothèques que dans leur lit.

J'allais aussi à la BPI à Beaubourg, le dimanche quand on n'avait pas match. J'y allais même parfois après les matchs à domicile, quand j'étais débordé. Elle ferme à 22 heures.

Heureusement, il y avait des moments tranquilles pour équilibrer la balance. Le soir, quand j'écoutais ma musique avec vue sur le Parc des Princes, si proche dans les lumières de Paris. Les séances de jeu au pied, seul le soir ou tôt le matin, sur la pelouse du stade Jean-Bouin. L'ancien, celui qu'on a détruit en 2010, avec son grand virage Paris. Et au moins une fois tous les deux mois, je me faisais une journée cinéma. Le mercredi souvent, je n'avais pas cours, je commençais les entraînements à 16 heures, car c'était le jour off des pros. Je me débrouillais pour ne pas avoir à travailler. J'arrivais à 9 heures du matin à l'UGC des Halles. C'est un cinéma énorme et, le matin, il n'y avait pas assez de personnel pour toutes les fins de film. Je connaissais tout de cet endroit. Les sorties de chaque salle et comment passer de l'une à l'autre. En arrivant tôt, je me préparais un programme pour passer de film en film, le plus discrètement possible. J'apportais ma salade : riz, thon, maïs, haricot vert.

L'année d'après, j'ai signé mon premier contrat. J'ai reçu mes premières paies et j'ai fait ce que je m'étais promis. J'ai acheté les volumes qu'il me manquait pour compléter ma collection de *Dragon Ball*. J'ai pris la carte de cinéma illimitée pour ne plus avoir à carotter. Et j'ai invité ma grand-mère Christiane dans un restaurant chic. J'avais 800 euros dans la poche chaque mois, c'était plus facile, j'ai arrêté de travailler le samedi.

Avec ces premiers salaires, j'ai pu aller voir plus de matchs au Parc, toujours dans la tribune Auteuil. Je traversais la route et j'y étais. J'y allais avec Arthur, Nacim ou mes cousins. Parfois même tout seul. Le Parc à l'époque, c'était un délire. On oubliait tout pendant deux heures, tu lâchais le cerveau à l'entrée, tu le récupérais si tu voulais à la sortie. Je croisais des gens qui ne vivaient que pour ça, des vrais *tifosi*. Bon j'ai vu des défaites contre Auxerre ou des 0-0 contre Nancy, mais c'était le feu. Mon kop préféré, c'était les Authentiks du virage Auteuil, parce que ça y gueulait fort. Souvent, j'étais plus fasciné par leurs leaders ultras que par le match. Face à nous, ils ne voyaient rien de la rencontre mais nous chauffaient et nous lançaient dans les chants. Je les ai vite sus par cœur. Au bout d'un moment, ça devient impossible de crier, je faisais semblant. On m'a grillé une fois, embrouillé direct, j'ai pas fait le malin.

Notre rugby

Finalement, le rugby c'est quoi ? C'est s'accomplir, c'est devenir meilleur. Meilleur joueur, meilleure personne. Parce que, putain, ce sport est dur. Vivre de sa passion est une existence de rêve dont beaucoup ne soupçonnent pas la difficulté. Déjà, physiquement, pas un jour sans douleurs, il faut toujours se surpasser, prouver. L'instabilité, la remise en cause permanente. Mais quel pied ! On supporte le reste pour les moments qui le font oublier. Il paraît que les gens qui jouent au golf ne peuvent jamais arrêter. Pourtant ils sont capables de faire des séances sans toucher une balle, à envoyer des merguez dans tous les sens. Mais pour une bonne balle, un beau swing, la sensation de la frappe dans les mains. La vibration qui remonte dans les poignets et les coudes, alors ils reviendront. Comme un footballeur qui rentre un coup franc direct. Un buteur qui met une pénalité dans le poteau du milieu des 50 mètres. C'est un moment de magie, un moment suspendu, éternel.

Une sensation qui enlève la frustration, qui permet de continuer.

En arrivant dans le rugby professionnel, j'ai aussi découvert des comportements hallucinants. Je n'ai jamais compris comment l'individualisme peut être présent dans ce qui représente l'élite d'un sport qui est la quintessence de la force collective. Au rugby, sans les autres, on n'est rien, on ne peut rien faire. Mais, finalement, ça ne serait pas le premier paradoxe de ce jeu où il faut aller en avant tout en se faisant des passes en arrière.

J'ai souvent remarqué que les ego ne servaient pas le collectif, ils le freinaient. J'étais sidéré, je tombais de haut. Au Stade Français, cette tendance était criante lors de l'ère Michael Cheika, actuel entraîneur de l'équipe d'Australie. Son mépris, sa condescendance ont déteint sur tout le groupe, ses adjoints et nous les joueurs. Nous avions droit au moins une fois par semaine à un grand discours où il se prenait en exemple. L'après-midi, j'allais écouter des maîtres de conférences en histoire, des mecs brillants et humbles. Pendant les discours du coach, je l'imaginais réciter le cours d'histoire de la veille sur Louis XIV. J'inversais les rôles, je riais intérieurement, mais c'était insupportable. Depuis, il a eu des résultats impressionnants en Australie. Mais il aurait mieux fait de venir avec moi à la fac. Il aurait appris qu'à Paris, la tyrannie a eu une histoire difficile.

Cela fait des années qu'on entend partout « au moins, le rugby, ça ne sera jamais comme le football, il n'y a pas assez d'argent », c'est faux. Oh, réveillons-nous ! Il y a énormément d'argent dans le rugby professionnel ! L'homme peut être transformé par l'argent. Le sport de haut niveau n'échappe pas à la règle. C'est un milieu qui fonctionne comme une entreprise, avec une obligation de résultat. Les places sont chères et les bons contrats ne sont que pour une petite centaine de joueurs. Les carrières sont courtes et les hommes sont de fait des grands compétiteurs. Tous les ingrédients sont là pour former un beau nid de guêpes.

Je ne critique absolument pas la loi du sport qui est claire, les meilleurs réussissent et les autres non. Cela fait partie du haut niveau, chaque sportif est libre de choisir cette voie ou pas. Je l'ai choisie, et en montant les échelons, j'ai mis d'autres gars de côté qui pourtant avaient les mêmes rêves que moi.

Je critique la façon dont cela se passe dans de nombreux cas, et surtout le mensonge global autour de ces pratiques. Les dégâts chez les jeunes peuvent être énormes. On sacrifie tout pour réussir, on est prêt à tout croire, à faire confiance, sans trop réfléchir. Il y a quelques années sur le site du centre de formation d'un club du Top 14, il y avait même écrit « Ici, on forme des hommes »… Mais quelle façade insupportable de démagogie et de mensonge ! Vous formez des bons joueurs de rugby, c'est sûr. Certains deviendront excellents, vous serviront, et ceux qui ne vous conviennent pas, vous les virerez sans même vous occuper de la manière et des conséquences. Ensuite, ce jeune devra devenir homme avec cette humiliation, cette trahison venant d'adultes de confiance, ce pauvre exemple en tête pour se construire. On pourrait mettre la forme, se préoccuper de ceux sur qui on avait misé mais qui ont eu le droit d'échouer. On pourrait leur donner des pistes, les accompagner, les respecter. Au quotidien, les joueurs doivent accepter trop de choses en fermant leur gueule, par peur des conséquences, par peur d'un futur déjà instable. Certains en profitent, certains en jouent. On ne devrait pas l'accepter.

Les audiences télé n'ont jamais été aussi fortes, les stades jamais aussi pleins. Les droits de retransmission télé sont très élevés, les investisseurs n'ont jamais été aussi heureux. Cela me donne l'impression d'une bulle spéculative. Certains présidents ne se voient pas comme des relais, mais comme des messies. Il y a eu trop d'argent, trop vite. Beaucoup de politiques sont court-termistes. Certains mecs mettent des millions et veulent des résultats immédiats. J'aime bien l'idée qu'on est de passage. Je suis hyper-compétiteur, je sais ce qu'est la volonté de victoire, de succès. Seulement, j'aime l'idée du long terme, du respect de ce qui a été fait et de ce qui viendra après nous.

Alors je suis inquiet, parce que j'aime ce sport et j'aime les gens qui le font, tous ceux que j'ai rencontrés en France, en Italie et ailleurs dans le monde. Je pense aux joueurs, aux bénévoles, aux entraîneurs, aux gens qui préparent les repas, et les goûters quatre-quarts/jus d'orange d'après entraînement. Les gens passionnés qui font vivre les clubs, qu'ils soient de village ou de haut niveau. Il n'y a rien de plus bouleversant que des gens qui donnent de leur temps et de leur vie pour permettre à des jeunes de vivre de grands moments. De réussir dans leur passion. On n'a pas le droit de jouer avec ça. Surtout pour de l'oseille, surtout pour la gloire personnelle.

Si j'insiste sur ce sujet, c'est que j'ai peur pour les jeunes qui rêvent du monde professionnel et qui vont connaître ce que j'ai connu, ce que beaucoup de mes amis, des joueurs de très haut niveau, vivent encore chaque année. Moi, j'étais déjà solide dans ma tête et ça m'a aidé à me construire. J'étais bien entouré et, surtout, quand on me met la misère, j'ai la rage. Cela m'a amené vers les réussites que j'ai connues par la suite. J'ai réussi à inverser ce schéma, mais après combien de déceptions, d'humiliations, combien d'abnégation ? Plus que tout, j'ai eu la chance de voir mon chemin s'ouvrir en arrivant en Italie, j'ai fait le bon choix, j'en ai été récompensé. Je suis un rageux, je l'avoue, c'est ce qui m'a poussé. Mais je n'ai aucune colère. Du rugby, je ne retiens que le plaisir des bons moments et la force que j'ai tirée des mauvais. J'aime ce sport plus que jamais. Il a fait ce que je suis, il est toute ma vie. Je n'ai aucune aigreur, je n'ai aucune jalousie. Mais je suis inquiet pour les autres.

Pour la première fois, en novembre 2016, je commence à faire le deuil de ma carrière. Il aura fallu un an. Je ne vivais plus que pour atteindre les objectifs fous que je m'étais fixés. Je me réveillais en y pensant, chaque geste de ma vie n'était accompli que pour cela. Le hasard a voulu qu'on m'en écarte au moment où ils devenaient réels.

L'idée de retrouver la place qui était la mienne juste avant les attentats, de sauter dans le train en marche, m'a permis de garder la tête hors de l'eau pendant un an. Cette idée m'a tenu en vie et m'a permis de l'emporter sur toutes les prévisions médicales.

Mais le rugby se passera de moi, de mon corps cassé et rafistolé. Tranquillement, il va m'oublier. Je ne voulais pas le voir, je ne voulais pas l'admettre, mais ça y est, dans mes longues nuits sans sommeil, je l'ai accepté.

Monaco

J'ai reçu un mail d'une institution européenne m'invitant à donner une conférence à Monaco. On me demande de parler devant un parterre de parlementaires venus de toute l'Europe pour témoigner de l'importance du sport contre la radicalisation, le terrorisme et la haine. C'est n'importe quoi, je ne peux pas m'empêcher de m'énerver en lisant cette invitation.

En quel honneur suis-je invité ? Quelle légitimité ai-je acquise pour pouvoir me permettre de parler de ce sujet ? Je ne suis qu'un sportif de haut niveau blessé lors des attentats. Ils ont pensé « sport-attentats », alors Aristide Barraud sera parfait. Ils veulent une vitrine, je ne veux pas l'être. Pourquoi ne pas inviter un éducateur qui se bat au quotidien dans une ville difficile ? Qui lutte chaque jour pour faire passer son message auprès de jeunes qui souffrent de l'exclusion économique, scolaire et même géographique, et qui ont perdu l'ambition de trouver un travail, malgré leurs diplômes, à cause de noms à consonance maghrébine, africaine ou d'autres parties du monde. Je parle de ce que je vois, de ce qu'il se passe autour de moi.

Le mois dernier, mon cousin Bastien a dû accepter sans pouvoir broncher des remarques insupportables de la part de policiers lors d'un contrôle routier. Il est né à Épinay-sur-Seine, ville difficile du nord de Paris. C'est écrit sur sa carte d'identité, est-ce la marque d'un banni ? Quand arrêtera-t-on le mépris ? Cette exclusion est réelle et crée du désespoir. Le désespoir est mobilisateur, que faisons-nous de cette capacité de mobilisation ? Que faisons-nous de cette jeunesse française oubliée et dénigrée ?

Des hommes et des femmes travaillent chaque jour à entretenir l'espoir, pourquoi ne pas les inviter ? Eux connaissent le cheminement qui entraîne une personne vers une radicalisation religieuse, et connaissent les moyens, qu'on ne leur donne pas, pour les en sortir.

Pourquoi inviter Aristide Barraud, rugbyman gagnant sa vie, sans réel problème pour son avenir et sans connaissance apparente du sujet ?

À cette question, on me répond que c'est pour le message d'espoir que j'ai transmis dans l'interview accordée à *L'Équipe*. Je n'y crois pas. Ils veulent un pion pour faire un beau discours entre le buffet de petit déjeuner et le déjeuner dans la salle principale d'un hôtel de luxe de Monaco.

Rapidement, j'ai fait le compte. Entre mon vol aller-retour, les voitures avec chauffeur pour mes différents trajets, la chambre d'hôtel monégasque pour deux nuits et les différents repas, mon petit séjour à faire le guignol et satisfaire la conscience de quelques parlementaires aurait coûté plusieurs milliers euros.

J'aurais aimé leur dire : « Donnez-moi cet argent, rénovons un city-stade à Massy, louons un car pour emmener des enfants jouer au foot sur la plage. Emmenons ceux qui ne partent jamais en vacances. Donnons cet argent à des étudiants dans la dèche pour payer leur année d'étude. Faisons quelque chose d'utile et prouvons que le sport peut aider à ne pas tomber dans l'exclusion et la haine. » Mais je ne l'ai pas fait, j'ai été lâche. J'ai pensé que je n'avais pas à leur donner de leçons, que je ne voulais pas me fâcher avec des gens importants.

J'ai pensé aux conséquences. Reste en moi la peur de ne pas réussir, de me faire des ennemis. Cela vient du rugby. C'est la dernière fois que je m'échappe, que je ne dis pas ce que je pense. Les personnes qui font avancer les choses ne sont pas lisses. Cela ne servait à rien de m'accrocher à la vie si je n'aide pas maintenant à faire avancer les choses.

Céphalées

Le corps a une mémoire pour tout, même les localisations et les caractéristiques des douleurs passées. Celles qui nous ont marqués dans notre chair, comme au fer rouge. Celles qu'on peut difficilement oublier. Peut-être que les douleurs énormes recrutent tant de neurones qu'elles forcent des voies nerveuses, qu'elles ouvrent une route qui ne peut se refermer dans les méandres neurologiques.

À l'hôpital, les maux de tête qui m'assaillaient avaient une explication. J'avais perdu quasiment tout mon sang, les médicaments utilisés en réanimation pour me tenir à flot ont été violents. Une des péridurales a échoué et du liquide céphalo-rachidien a fui de ma colonne vertébrale, créant une dépression au niveau des méninges. Ces trois éléments ont constitué un cocktail résistant. Un mal impassible et caché. Ce mal est désormais en moi. Cheval de Troyes, sans Ulysse, un fardeau qui broie, un supplice. J'ai peur que cela dure toute ma vie.

Ce soir, j'ai eu la confirmation de mon hypothèse. Je parlais avec des potes tranquillement chez l'un d'eux et je me suis perdu comme souvent ces temps-ci dans mes pensées. Plongé dans un flash-back, au moment de la scène des attentats et, pour la première fois, j'ai ressenti la douleur exacte du 13 novembre au niveau du poumon. Uniquement cette douleur bien précise. Elle était différenciée, individualisée, comme le son d'une trompette qu'on enlèverait de l'ensemble de l'orchestre.

Quel choc, j'en avais le souffle coupé. La sensation de la suffocation comme après un coup terrible au poitrail pendant un match de rugby, et cette douleur… si différente d'une douleur osseuse ou musculaire. Elle est profonde, insidieuse, intense. J'en reste assommé rien qu'à son évocation. Là, au niveau de la poitrine et sous mon bras, au niveau des côtes, à l'entrée et la sortie de la balle. Je ne pouvais plus respirer, je me sentais transpercé comme un ballon de baudruche après un plomb de fête foraine.

Depuis hier, cette douleur est là, capable de revenir comme un esprit frappeur. Elle est proche de moi, prête à me mettre une piqûre de rappel si mon esprit ose venir s'aventurer de ce côté. Elle m'a suivi toute la journée.

Janvier 2017

Si c'est ça nos vies

Les gens que j'aime et que j'estime préfèrent
mourir en janvier.
Dans la nuit, qu'on les oublie, que le vent froid
emporte leur vie.
Mes amis choisissent de disparaître au premier
mois de l'année.

Et puisque nous devenons hommes en voyant
les nôtres tomber,
Chaque existence n'est qu'un pari, nous luttons
pour notre survie.
Dans nos vies tourmentées, veillons nous pour
ne pas sombrer

Pain sauce

En arrivant à Massy, en 1999, je me suis mis au rugby pour le jeu, le côté défouloir, le respect qu'on peut y gagner. Mais ce sont les amis qui m'ont lié à lui. On était une sacrée bande, cette amitié a un goût de pain sauce, américaine ou ketchup.

Je ne sais pas comment c'était dans les autres banlieues, mais, à Massy, il y avait les pains sauces. Seuls les vrais se rappellent de ça. Les nombreux grecs de Massy faisaient un truc spécial pour les petits mecs comme nous, qui ont faim mais qui n'ont pas d'oseille. Juste le pain du kebab, le truc classique, avec la sauce de ton choix. Le mercredi après-midi, on finissait l'entraînement tôt quand on était gamins. Tout commençait dans le car qu'Alain Gazon, le grand manitou du club, notre légende, avait trouvé pour faire le ramassage de tous les gosses de la ville. Il commençait par Villaine, Massy Ouest où j'ai grandi. Alain nous accueillait avec son accent du Sud-Ouest : « Salut les branleurs ! »

Puis on sillonnait les différents quartiers de Massy et on complétait le groupe : Bastien, Denis, Billel, Philippe. À chaque entraînement, scénario identique. Le chauffeur du bus, toujours le même, nous avait à l'œil et nous regardait sans cesse dans le rétro. On lui faisait des bagarres de regards, à celui qui lâcherait le premier. À la fin de l'entraînement, on rentrait en bus RATP, mais on ne se séparait pas. On avançait nos pains sauces à la main.

Billel, Denis et moi, on prenait sauce américaine. Les autres, c'était plus ketchup. L'avantage principal, c'est surtout que cela coûtait 60 centimes de francs. Avec le passage à l'euro, on s'est fait carotte, il est passé à 2 euros. On ne s'en est toujours pas remis.

J'avoue, dit comme ça, c'est pas terrible, mais pour nous c'était 3 étoiles. On se débrouillait pour récupérer des centimes dans la semaine et si l'un de nous n'avait pas assez d'argent, on partageait. De temps en temps, l'un d'entre nous avait 5 francs ou un ticket-resto, et c'était la folie, on prenait un grec, un vrai, avec les frites et tout.

Au retour, c'était le bus 119. Les frères en sortaient au fur et à mesure, tout le long du parcours, à travers Massy. Je descendais au dernier arrêt, gare de Massy-Palaiseau.

À Massy, même chez les petits, l'entraînement est très sérieux. Ce n'est pas un club normal. C'est une institution, une communauté. La plupart des jeunes sont recrutés à l'école primaire. Si certains potes venaient de familles trop modestes qui ne pouvaient pas payer la licence, le club trouvait toujours une solution. En échange, il fallait assurer. La performance est indispensable. Alain Gazon faisait le tour des écoles primaires pour initier les enfants au rugby et dénicher les futurs joueurs. Et il avait l'œil, il l'a toujours d'ailleurs. Alain est au Racing maintenant, d'anciens joueurs de Massy ont repris le flambeau. Massy doit être l'une des seules villes au nord de la Loire avec rugby au programme scolaire. Dans la cour de l'école, on se plaquait sur le béton.

Alain Gazon m'a raconté bien plus tard pourquoi il m'avait demandé de venir au club après m'avoir observé en activité rugby en CM1.

« Tu ne lâchais rien. J'essaie de récupérer des gamins de tout gabarit, de toutes origines, de toute corpulence. Mais il faut qu'ils soient combatifs, c'est la qualité première d'un joueur de rugby. » Et les équipes de Massy sont craintes partout. Chaque année, on gagne des titres, des tournois. On cherche la suprématie. Il y a la qualité des joueurs et il y a aussi la qualité de la formation. Les coaches sont des mecs confirmés, dévoués, et beaucoup d'entre eux sont des joueurs pros de l'équipe première. Quand j'étais petit, je les respectais énormément, j'avais envie de me défoncer pour montrer que j'étais un bon joueur. Je me rappelle de Jean-Maurice Oulouma. Avec les potes, on l'admirait, une vraie gazelle. À chaque match, il mettait le feu. Et aux entraînements, il était souvent là. À la Sibérie, comme on disait. Une plaine de quatre terrains, battue l'hiver par les vents froids, située au beau milieu d'une nationale et de deux autoroutes. Des lignes à haute tension au-dessus de nos têtes. Ce lieu est le plus important de mon enfance. J'y ai été teigneux, j'y ai été heureux.

Les entraînements y sont toujours intensifs et on ne cherche que la victoire. L'esprit de compétition est insufflé dès les plus jeunes catégories. On ne devient pas un des trois meilleurs clubs formateurs de France par hasard.

J'ai dû arrêter les grecs à 14 ans. Pourtant, c'est le plat officiel de la banlieue parisienne. À Massy, le nombre de restaurants de type kebab par habitant est impressionnant.

Avant les attentats, j'en avais mangé moins de cinq en dix ans. Ce n'est pas le meilleur repas quand on cherche à être performant. J'avais rayé ces sandwichs de ma liste des aliments existants pour ne pas y penser.

Quand je suis rentré de l'hôpital, après les attentats, mon père m'a demandé ce que je voulais manger pour les jours suivants. J'avais envie de tout mais ça faisait quelques jours que je n'avais que deux idées fixes. Un grec complet sauce samouraï et des rouleaux de printemps. Mon frère a explosé de rire et, avec mon père, ils ont mis leur manteau et sont revenus avec un grec pour tout le monde. Sauf pour ma sœur qui est une bouffeuse de graines et de fromage bio. Au fil des mois, j'ai réussi à lui faire comprendre le réconfort du gras et d'un Tropico.

Avec Aïda, on a traversé Paris dans tous les sens pour aller tester les meilleurs grecs en fauteuil, en béquilles ou à pied. On a demandé à des potes leur meilleure adresse et on est allés les essayer. Après, pendant des semaines, on parle du pain, de la viande… Ces discussions ont rempli certaines de nos journées quand on était au plus mal.

Mon top 3 est solide, si vous voulez des conseils, mais uniquement Paris et banlieue sud.

Tous les psys consultés ces derniers mois m'ont dit que je vivais l'adolescence que je n'ai jamais eue. L'insouciance, les nuits blanches, une alimentation à la carte. Je ne dis plus jamais « non », je me le suis interdit. Je suis rentré dans la secte des « yes man », comme dans le film avec Jim Carrey. Je dis « oui » à tout pour ne plus rien rater.

Fratelli d'Italia

À Piacenza où je suis arrivé en 2013, je me suis vite rapproché d'Andrea Buondonno qui habitait la maison collée à la mienne. Il n'était pas encore là quand je me suis installé. Il participait à la tournée de l'équipe nationale à 7. Tout le monde m'avait vanté cet ailier extrêmement rapide et j'attendais beaucoup de lui pour relever le niveau de notre équipe italienne de D2 qui, dans les premiers jours, me paraissait assez faible. À notre rencontre, j'ai surtout vu un jeune mec de 20 ans perdu, aux qualités folles, mais bien trop éparpillé. On a commencé par se détester. Il passait son temps à faire le con et ne semblait pas concerné, alors que j'étais venu dans le seul but de réussir, et cela passait par une grosse saison de l'équipe, chaque seconde d'entraînement était précieuse. Je l'engueulais en anglais. J'étais intransigeant, il n'en pouvait plus de moi et on a même failli se battre une fois.

Au bout de trois semaines, il est venu frapper à ma porte pour m'inviter à déjeuner. Lui aussi, il regrettait cette situation et cela l'attristait de me voir dépité, il avait compris ma frustration. Il savait que cela ne venait pas d'une mauvaise intention, mais qu'on avait raté notre rencontre. Ce jour-là, il y avait aussi Giuseppe Sciacca, troisième ligne au courage hallucinant, fraîchement recruté, comme moi, avec qui j'avais sympathisé. Ils avaient fait l'Accademia ensemble (qui serait l'équivalent pour le rugby italien d'un Clairefontaine) et étaient très amis. On a rigolé, on a bien parlé et, à partir de ce jour-là, je n'ai plus jamais mangé à la maison.

Giuseppe est venu habiter avec Andrea et on est devenus inséparables. J'avais 24 ans et eux 21, on passait notre temps à se marrer. On s'est fait une promesse. Je voyais en lui un diamant brut, un talent extraordinaire, mais gâché par une incapacité totale à être sérieux sur le long terme. Il n'avait pas dans sa vie la rigueur nécessaire à la performance. Si « Buondi » acceptait de se professionnaliser, je m'engageais à fumer le premier *cannone* de ma vie, après le dernier match de la saison. Je lui ai juré que s'il tenait dur, il monterait en première division, puis en province et que, dans quatre ans, il serait en équipe nationale. Mais que, d'ici là, il y avait un travail énorme à fournir. Il ne me croyait pas, mais il m'a fait confiance.

Il me suivait presque tous les matins. Je m'entraînais même les jours de repos. Dans le soleil du matin ou dans la *nebbia* de la plaine du Pô, on trimait. Toutes ces matinées, les centaines d'heures d'entraînement sur les terrains de Piacenza sont ancrées en moi. C'est un trésor bien verrouillé. Seul ou avec Buondi, je me sentais en accord total avec mes choix, j'appartenais à ma vie.

Giuseppe et Andrea sont devenus mes frères, mes *fratelli d'Italia*. À passer une année ensemble comme ça, loin de chez nous, à vivre une amitié démesurée. Andrea est un pur Milanais et Giuseppe vient d'Alessandria dans le Piémont. On parlait de tout, on s'ouvrait complètement. Notre relation était fusionnelle, je savais quoi dire et à quel moment pour les soutenir. Ils savaient quand ne pas me parler, quand j'avais besoin de rester dans mon coin après une mauvaise séance. On a tout vécu ensemble, des fous rires quotidiens, des embrouilles, des confidences intimes, des sacrés matchs, et même une bagarre mémorable à un péage d'autoroute avec des mecs qui nous avaient chauffés. On passait notre vie ensemble, à cinq, avec Pito le boxer de Buondi qu'on est allés chercher à Parme tout bébé, et mon chat. C'était la famille et, en Italie, la *famiglia*, c'est important.

L'année s'est conclue avec une finale perdue et des jours entiers à la Trebbia, une rivière sur les hauteurs de la ville, dans les Apennins. Un petit paradis naturel entre Gênes et Piacenza. Ce furent des jours bénis, le temps était suspendu. Le soleil superbe du début d'été, la lumière claire de l'Italie du Nord. Nos balades du soir pour aller chercher notre glace quotidienne à la Bottega del Gelato, le meilleur glacier que je connaisse. On avait fait une grande saison et la ville avait vibré de nos exploits. Partout, on était reçus comme des rois. Notre bande, c'étaient « le Français et ses *fratelli* ».

J'ai ensuite signé à Mogliano et Buondi à Viadana, Giuseppe avait lui aussi une proposition à Mogliano, mais il a décidé de s'éloigner du rugby pour préparer son avenir. Il est allé jouer dans une division inférieure et apprendre un métier.

On avait réussi notre pari, on partait vers la première division. Buondi était devenu un joueur sérieux, un vrai pro, consciencieux et ambitieux. En avril, il nous avait laissés une semaine pour participer à Hong Kong avec l'équipe d'Italie à 7 au plus grand tournoi du circuit. J'étais fier de lui et aussi content de voir que mes prédictions se confirmaient. Il avait commencé à y croire et avait marqué 18 essais dans la saison. Moi, 12, et 371 points. On avait marqué les esprits et on a eu des propositions.

Je devais donc respecter ma part du pari.

Un soir, Buondi s'était procuré un beau joint de weed. Ces deux fous n'arrivaient même pas à parler. Ils passaient d'un sourire à un autre : « Déjà que t'es dingue quand t'es normal, on imagine même pas après avoir fumé ! On attend ça depuis un an ! »

On a commencé une nuit mémorable entre fous rires et balades dans Piacenza. En Italie, quand les boulangers se mettent au travail à 3 heures du matin, certains commencent par faire des pizzas qu'ils vendent aux fêtards qui rentrent de soirée. Elles sortent juste du four avec une pâte épaisse, extraordinaire. Ce sont les pizzas de la survie. Dans la boulangerie, on est entrés par la porte de derrière. Trois hommes travaillaient. Ils étaient voûtés, répétant leurs gestes inlassablement comme chaque nuit depuis des dizaines d'années. Une vieille radio inondait la salle d'airs de Verdi. Cela sentait le pain chaud. Je suis resté bloqué devant ce tableau, je n'ai pas vu les autres s'en aller. Ils sont revenus cinq minutes après pour me chercher.

J'ai laissé un bout de moi-même dans cette ville, chez ces gens fiers de leur cité, de leur histoire, de leur dialecte et surtout de leur nourriture. Je me suis juré qu'un jour j'y retournerais et que je rendrais tout ce qui m'y a été donné. Je n'aurais rien échangé contre vingt sélections en équipe de France. Cette année à Piacenza a changé ma vie. Je me suis créé une famille dans un autre pays. En quittant le club, le cœur gros, j'ai prévenu que je serais un Lyons de Piacenza pour toujours. Je n'avais en fait pas besoin de le préciser, tout le monde le savait déjà.

J'ai été séparé de mes deux *fratelli* quand je suis arrivé à Mogliano. J'ai mis quelques semaines à m'habituer à leur absence. Au mois de novembre, nous avons accueilli le club de Viadana pour un match choc. Giuseppe a fait le déplacement depuis Alessandria pour assister au duel fratricide entre Buondi et moi. On s'était organisés, ils restaient deux jours chez moi, le championnat était en trêve et nous avions une semaine de vacances après ce match. Heureusement pour notre week-end, Mogliano a gagné ce match et j'ai été désigné « *man of the match* ». Giuseppe nous a avoué qu'il priait depuis deux semaines pour une victoire de Mogliano : « Sinon Ari aurait fait la gueule pendant deux jours. »

Avec Buondi, on s'est rendu compte qu'on voulait rejouer ensemble, revivre ensemble. J'ai mangé le cerveau du manager pendant des mois et Buondi a été recruté. Cela n'a pas été si difficile de le convaincre, car Andrea brillait dans toutes les situations. J'ai passé l'été 2015 à compter les heures qui me séparaient du premier jour d'entraînement pour le retrouver. Il avait pris un appartement dans le même immeuble que le mien en colocation avec David Odiete, futur arrière de l'équipe d'Italie. Les premiers mois d'été furent magiques. On travaillait énormément et nos moments du soir, tous les deux sur ma terrasse à boire des tisanes ou à promener Pito, nous faisaient du bien.

On avait attendu ces retrouvailles pendant un an. Sur le terrain, on faisait des étincelles. Avec sa vitesse folle, je le mettais dans les intervalles et il finissait les actions. Rejouer avec lui, c'était du pur bonheur. J'étais empli d'adrénaline quand je prenais un demi-intervalle, que je lui levais le ballon et que je le voyais partir vers la ligne d'essai.

Les attentats ont été un traumatisme pour lui aussi. Je suis rentré pour la première fois en Italie le week-end du 10 janvier 2016. La logistique était pénible vu mon état, j'avais besoin d'une grosse assistance, mais je ne voulais pas rater le match entre Piacenza, fraîchement promu, et Mogliano, mes deux familles italiennes. Quand j'ai aperçu la lagune depuis mon hublot, j'ai été assailli par un tsunami d'émotions, j'ai été pris de spasmes. Quelqu'un m'attendait avec un fauteuil roulant. Les portes se sont ouvertes et toute mon équipe était là avec le staff et les présidents. J'ai eu droit à un câlin géant, des embrassades avec chacun d'eux. C'était extrêmement fort mais j'étais déconnecté, comme la nuit quand on rêve. Comme après une opération dans la salle de réveil. Quelque part entre la réalité et le rêve. Tout était flou.

Il a fallu tout le week-end pour que je me remette à niveau. À leur niveau, celui d'une vie à peu près normale, la vie d'avant. Le gouffre entre eux et moi était énorme. Je le sentais à chaque seconde. Je sentais un décalage avec la ville entière. Tout était si calme et apaisé. Dans les restaurants, j'étais détendu, j'étais Aristide le Rital, pas Aristide le traumatisé.

Bien sûr les semaines précédentes avaient été difficiles pour eux tous. La nouvelle de mon état avait été un coup dur qui avait eu des conséquences sur le terrain. Ils avaient gagné le match le 21 novembre, ils voulaient à tout prix m'offrir une victoire. J'ai eu la bonne nouvelle, en direct, dans mon lit d'hôpital, entouré de ma famille et de mes amis. Ils ont ensuite accusé le coup et perdu les cinq matchs suivants. Ils étaient fatigués, dormaient mal.

On avait imaginé avec Buondi qu'on signerait tous les deux à Trévise pour jouer en ligue celtique et continuer notre parcours commun jusqu'à l'équipe nationale. On en avait rêvé, on avait rendu le rêve possible. Il y a réussi de son côté, sans moi.

Je suis extrêmement heureux pour lui, mais la tristesse que je ressens à l'idée d'avoir renoncé à ces rêves partagés ne me quittera jamais. J'espère retourner bientôt au Stadio Olimpico de Rome. Dans les tribunes, je regarderai Buondi en chantant « *fratelli d'Italia* ». J'aurais donné tout ce que j'avais pour pouvoir jouer avec lui.

7 heures

7 heures, je suis réveillé depuis une heure,
je n'en ai dormi que deux.
Le sommeil ne vient pas, j'abandonne, je lâche.
Une autre nuit d'insomnie, un peu plus de
cernes sous mes yeux.
Chaque minute compte, il n'y en a pas une que
je gâche.
Dans ma tête, j'écris sur des feuilles abîmées,
jaunies.
Je rêve d'horizons et de volcans qui crachent.
Mon esprit se perd, rejette des images honnies.
Souvent pris dans un filet, bloqué dans ses mailles.
Je prends mon pouls, mon cœur bat, je vérifie.
J'entends mon père se lever et partir
discrètement au travail,
Je place mes textes dans des bouteilles de rhum
vieux, je les envoie dans les cieux.
Il rejoint la foule du RER, actes anodins aussi
durs que tenir sous la mitraille.
Je voudrais les voir en vacances éternelles
avec ma mère, tous les deux.
Qu'ils ne reçoivent plus jamais d'appels
sanglants.
Qu'ils ne sentent plus jamais le sol se dérober
sous eux.
Je suis mal, je n'arrive même plus à faire
semblant.
En me levant, je pense à ceux qui souffrent
sans bruit.

Il paraît que certains les appellent les sans-dents.
Il m'arrivait de me coucher quelques heures
après la fin de l'après-midi.
Je continuerai à vivre sans Xanax, sans Lexomil.
Cela fait des semaines que je n'ai pas dormi
avant minuit.
J'aimerais un sarcophage d'eau comme
Daredevil.
Sombrer dans des limbes silencieux et humides.
Ne plus entendre les plaintes de ma ville.

Oxmo

« La vie est une chance, le reste du mérite. » C'est grâce à ces mots, qui m'ont porté ces derniers mois, que j'ai pu rencontrer leur auteur, Oxmo Puccino. Je les ai cités dans une interview que j'ai réalisée avec Alex Bardot du journal *L'Équipe*. J'avais tout refusé, jusqu'au printemps 2016. J'avais rencontré Alex au Stade de France où j'avais été invité par la télé italienne. Il m'avait proposé un entretien, mais j'avais besoin de réfléchir. J'ai lu ses articles pendant un mois et j'ai finalement accepté. Quelqu'un a fait lire le résultat à Oxmo et il m'a contacté *via* twitter. On s'est donné rendez-vous à son concert du 29 mars 2016, qui se tenait justement à Massy.

En lui serrant la main, je me suis rappelé la première fois que j'avais entendu parler de lui. J'étais à la cantine de mon école primaire et c'est Momo, l'un des gars qui servaient les plateaux, 25 ans, un peu déglingué, toujours avec un casque sur les oreilles à écouter du rap, qui m'en avait parlé. J'avais 10 ans, j'étais déjà tombé dans la musique.

Momo nous faisait souvent découvrir des nouveautés et un jour qu'il planait complètement, j'ai crié :

« Momo, t'écoutes quoi ?

– Oxmo, Oxmo Puccino », m'a-t-il répondu en écartant un des écouteurs de ses oreilles.

Je n'en avais jamais entendu parler et, pour faire le malin, j'ai dit :

« Vas-y, c'est trop nul !

– Oxmo, nul ? Mais t'es un ouf, toi ! Vas-y, dégage ! »

Le mercredi d'après, j'ai couru à la médiathèque de Massy et j'ai emprunté *Opéra Puccino* son premier album. Je l'ai enregistré sur cassette et il ne m'a plus quitté. J'ai ensuite écouté chacun de ses disques, en solo ou avec le collectif Time Bomb.

Oxmo m'a dit qu'il avait été extrêmement touché de mes mots dans l'interview. Que mon attachement à son album donnait une raison d'exister à ce disque sorti « à une date qui n'existe pas », le vendredi 13 novembre 2015. Le destin a fait que la première phrase de la première chanson soit « La vie est une chance, le reste du mérite ».

À ma sortie de l'hôpital, j'ai tout de suite écouté l'album et cette phrase a résonné en moi comme une évidence, une vérité profonde. Elle m'a accompagné durant les mois les plus difficiles. Ce disque a été, avec quelques autres, un phare dans les ténèbres. Je m'y suis accroché comme un noyé à une branche.

Récemment, je me suis rappelé que ce n'était pas la première fois que j'avais rendez-vous avec Oxmo dans un moment dur de ma vie. Déjà en 2011, face à la mort d'un ami aimé et estimé, son duo « Près des notes » avec Rockin' Squat m'avait permis de tenir ma lucidité hors de la tempête qui se formait dans mon crâne.

Quand j'ai vu les affiches de son concert au Casino de Paris, prévu pour le 23 novembre 2016, j'ai pensé : « Jamais j'irai ! » Pile un an et dix jours après les attentats, dans une belle salle parisienne, aussi prestigieuse que le Bataclan, c'était trop pour moi. Mais cinq jours avant le concert, j'étais en France, il restait quelques places : il fallait que j'y aille.

« Si t'y vas pas parce que t'as peur, t'es pas un bonhomme », je me suis dit. J'ai pris ma place et j'y suis allé. Je me suis senti mal toute la journée, plus l'heure approchait et plus je regrettais d'être aussi con et têtu.

J'ai presque rien vu du concert, je me suis calé tout au fond, sur un côté, devant une des portes de secours. J'étais prêt à mettre un grand frontkick dans la porte et claquer ma meilleure accélération au moindre bruit suspect venant de l'entrée principale.

Si je me penchais un peu, je parvenais à le voir, mais uniquement la moitié supérieure de son corps. Le temps d'une chanson, j'ai même aperçu le batteur. Je préférais avoir la vue bouchée plutôt qu'être mieux placé et devoir serrer les fesses pendant deux heures. Malgré tout, je ressentais très fort son charisme, sa présence. J'ai pu le voir après le concert, on a parlé cinq minutes. Je n'ai pas réussi à être moi-même, j'étais trop impressionné. En vérité, je pourrais rencontrer Daniel Carter, George Clooney ou Barack Obama, cela ne me ferait rien, je resterais serein. Mais Oxmo ! C'est comme Zizou, une de mes légendes.

Un jour, je lui raconterai à quel point il m'a aidé, dans les longues nuits d'hôpital. À la limite de craquer, il me retenait. J'étais comme suspendu à cette voix familière dans le vide de ces nuits interminables.

Ces derniers mois, une autre phrase d'Oxmo me suit, prend sens en moi. Je l'ai souvent en tête en me réveillant, elle m'aide dans les moments les moins évidents.

« Ce qui m'arrive de mieux, je l'ai fait exprès. »

Mythos

La plupart du temps, on fait semblant. On prétend que tout va bien, mais seuls nos proches savent vraiment, et encore. On est sacrément fort pour faire semblant, on est tous des mythos. Je me suis surpassé ces derniers mois, je n'avais pas le choix.

Certaines personnes appuient leur « ça va ? » en jouant les psychiatres, avec un regard le plus transperçant possible, leur regard le plus freudien. Je ne sais pas d'où il vient, ce regard. Que cherchent-ils ? Me montrer à quel point ils sont avec moi ? À quel point ils comprennent ce que je vis ? Ce n'est que de la bienveillance, je le sais. Mais ça me ramène aussi au statut de victime des attentats que je m'évertue chaque seconde à oublier. C'est difficile à comprendre, je n'en veux à personne. Ma technique est de renvoyer l'ascenseur, de retourner les réponses. Ne pas laisser de portes ouvertes pour d'autres interrogations sur ma santé, ma reprise, ma sœur. Je dois en être à une centaine de questions de ce genre par semaine. Depuis un an et demi, je les fuis, je ne veux voir que les gens que j'aime et qui me connaissent.

Pas ceux qui me croisent et me disent : « Allez, tiens bon, il ne faut pas que tu lâches, je sais ce que tu vis, tu dois t'accrocher et être fort. Tu es là, tu es vivant, beaucoup auraient voulu être à ta place »...

Comment répondre ? Déjà : tu ne sais rien du tout. Merci infiniment pour ton soutien, mais on ne peut pas résumer une situation comme celle-là en deux phrases bateau. N'essaie pas de juger ce que tu ne peux même pas imaginer. Comme je ne comprendrai jamais tes souffrances, comme je ne jugerai jamais tes propres difficultés.

Beaucoup nous disent qu'ils savent ce qu'on vit. Bravo les gars, vous êtes balèzes, nous on n'a encore rien compris.

Le fond est souvent innocent, mais la forme dérangeante. Le solennel m'insupporte. Je passe ma vie dans les hôpitaux, entre docteurs et psychiatres, ça déborde de gravité. Pour contrebalancer, j'ai besoin d'un maximum de temps avec mes amis pour me marrer, pour la légèreté, pour faire comme si tout était normal. Hier, un pote m'a demandé si j'avais posé ma candidature pour Roland-Garros : « Tu ramasses tellement bien les balles, ils pourraient avoir besoin de toi. »

D'autres demandent des détails, font preuve de voyeurisme et ça fait bizarre. En général, j'esquive un peu, mais si c'est vraiment malsain, je dis la vérité comme on raconte une belle anecdote et ça se calme tout de suite. Le type se rend compte qu'au fond de lui il ne veut pas savoir. Avec ma sœur, on a observé un phénomène étrange. Chaque fois qu'on rencontrait une personne qui découvrait qu'on avait été blessés dans les attentats, il fallait qu'elle nous raconte ce qu'elle faisait ce soir-là. Au début, ça nous saoulait, et après j'aimais bien parce qu'avec Alice on faisait un concours. « Nos meilleurs lourds », on les appelait. On a tout entendu. Je vais seulement donner deux exemples. Une fille au centre de rééducation. À table, elle demande à Alice pourquoi elle est là. Quand elle a la réponse, elle se sent mal. Elle se met à lui raconter que le soir des attentats, elle a appelé son frère, qui était à Paris. Mais il ne lui répondait pas, elle n'arrivait pas à le joindre. Elle a appelé ses parents, ses amis. Personne ne savait mais il était bien parti à Paris…

Alice ne tient plus devant autant de suspens :

« Et il a été blessé ? demande-t-elle.

– Non, il était chez un pote, il n'avait plus de batterie. »

Là, on est au niveau moins cent de la délicatesse. Ces événements ont touché le monde entier. On a dû gérer notre survie, notre destruction, notre rééducation à la vie. Mais aussi celles des autres, qui les ont vécues de plus loin. On prenait dans la gueule tout ce que représentaient les attentats pour les gens. Alice aurait pu lui dire ce qui était arrivé à son frère, ce soir-là. Elle aurait pu lui mettre une dose d'horreur en retour. Mais non. Comme si on se devait de préserver les autres, même des inconnus, même des malotrus, avant de nous protéger nous-mêmes.

Dans ces moments, on aurait besoin d'un souffleur de rue, comme dans *Amélie Poulain*. D'une vanne à la Obama dans les dîners des correspondants étrangers à la Maison-Blanche. Le décalage est colossal, comment nous comprendre ?

Parfois, c'était beaucoup moins drôle. On nous racontait des histoires de gens qui devaient aller au Bataclan et n'y étaient pas allés. Qui devaient être dehors, en terrasse, et étaient rentrés chez eux. On n'avait pas envie d'entendre ça, on passait notre temps à filtrer les informations et les images pour se préserver. Je voyais l'avidité et la curiosité malsaines dans les yeux de certains qui me demandaient : « Mais toi, t'as vu des morts ? » ou « Ils étaient habillés comment les terroristes ? ». On avait bien sûr droit à des débuts de théories, voire des conférences détaillées sur les combats en Syrie. On a dû mettre quelques coups de pression. Mais on a toujours mis la forme. On ne doit pas tout accepter non plus.

Un jour, je croise le père d'un pote que je n'avais pas vu depuis très longtemps. J'ai même pas eu le temps d'en placer une, il m'a enchaîné :

« Ouais et tu sais, j'ai passé pas mal de temps à l'hôpital, ces derniers temps, j'ai eu des problèmes. Et y avait pas mal de gens comme toi, dit-il en me désignant avec sa main.

– C'est quoi des gens comme moi ?

– Bah tu sais… Des blessés des attentats, quoi. »

Lui, il est très haut dans notre classement. Les autres, je les garde pour nous.

Au début, quand on me posait la question, je racontais toujours pourquoi j'étais en fauteuil ou en béquilles. Puis ça m'a gonflé. Après, les gens sont mal et commencent à me raconter leur histoire pesante. Alors je me suis mis à raconter des mensonges. Le ski en février, au foot, méchant tacle par-derrière, la chute dans l'escalier. J'innovais en fonction de l'actualité et la personne qui me demandait. C'était drôle et on pouvait vite passer à autre chose. Je mettais les gens trop mal à l'aise si je disais la vérité.

J'ai décidé que je raconterais toujours une histoire différente, surtout aux enfants. J'en ai pas mal en réserve. Il faut rester sérieux, c'est pas facile. Il y a quelques mois, au centre de rééducation, un monsieur âgé est venu me voir dans la douche après la piscine. Il a pointé ma cicatrice au niveau du sternum et m'a dit sûr de lui :

« Pontage ?

– Exactement, j'ai fait un infarctus sur un bateau entre Singapour et Tokyo, il y a quelques années. J'avais trop mangé de python rôti à Bornéo. C'était la saison où ils sont le plus gras, avec tous ces chercheurs de trésors égarés dans la jungle. Mes artères étaient bouchées. On était dans la cale d'un trois-mâts pris dans une tempête. Un ancien docteur de guerre était du voyage, il m'a opéré. Il n'avait pas de scalpel, il m'a ouvert avec son couteau personnel, celui qui lui avait servi à tuer un tigre qui l'avait attaqué par-derrière au Bengale. Il y avait laissé un œil et un testicule, je parle du tigre. C'est dire si j'avais confiance, l'homme était bigrement précis. On était pris dans une tempête, les tonneaux roulaient dans tous les sens autour de nous. Je lui tenais les bougies pendant qu'il me faisait mon pontage, j'ai vu mon cœur battre de mes propres yeux, c'était chouette. »

Non, en fait je n'ai pas dit ça, je n'ai pas osé. C'est plus facile avec les enfants. Et il n'y a pas de risque qu'ils le prennent mal.

J'ai aussi reçu des milliers de messages d'inconnus, italiens ou français. Des poèmes, des chansons. C'est quand même bouleversant, le mec a pris son ordinateur, a cherché un moyen d'envoyer un message, comme ça, sans rien en retour. Juste pour donner de la force à quelqu'un qui en a besoin. J'en ai lu beaucoup. Il y avait aussi des messages intéressés. C'était souvent drôle, parfois non. J'ai même reçu sur les réseaux sociaux un message de soutien d'une fille qui finissait en disant : « Et on pourrait se rencontrer ? Pourquoi pas au Petit Cambodge, je connais bien ! »

Là, j'ai plus rien à dire.

La phrase qu'on a le plus entendue, c'est : « Et maintenant, il faut vivre hein. » On a échappé de peu à la mort et, justement, on attendait d'entendre ça pour vivre. Merci !

Souvent, on ne se dit pas « bonjour », on se dit « ça va ? ». C'est comme un salut, on s'en fout de la réponse. On attend que le mec réponde « ouais, tranquille » pour passer à autre chose. Évidemment, certains prennent la question au sérieux et se mettent à s'épancher. Ça part dans des détails de mal de jambe, de sciatique. Il y a toujours un moment où le type bloque une demi-seconde. Et là, ce regard désolé et un peu honteux : « Enfin bon par rapport à toi, c'est rien… »

Eh ! Mais moi je ne me pose pas au firmament du drame ! On a tous nos problèmes et je n'ai pas de hiérarchie du malheur, ni d'échelle des larmes. Mais on n'a qu'une vie, viens, on rigole.

Ce qui est sûr, c'est que tous ceux qui me demandent des nouvelles d'Alice ont toujours un regard maternel. Comme s'ils voulaient la protéger. C'est vrai qu'avec sa dégaine d'acrobate de poche, ma sœur ressemble à un petit oiseau tombé du nid.

Nan mais Alice elle est plus forte que nous tous réunis. Toi, moi, le mec derrière et le groupe là-bas. Elle a un mental qui fait cent fois sa taille. J'ai vu ma sœur faire du rugby à l'école primaire, gagner des cross départementaux au collège, organiser des assemblées générales au lycée, et l'été aller s'occuper de chèvres dans la Creuse. Je la vois depuis peu conduire sa caravane, avec le siège avancé à fond comme Demi-lune dans *Indiana Jones*. On ne peut pas rivaliser avec ma sœur, c'est l'humain du futur. Si seulement on pouvait faire une république mondiale, il faudrait l'élire présidente. Le monde irait mieux, on rirait beaucoup, on s'aimerait plus, on trouverait des solutions. L'argent et la violence n'en feraient pas partie. Faudrait juste mettre un tabouret devant les micros, pour les discours.

Réalité

Mars 2017. Avec Alice, on a récupéré au-delà de toutes les prévisions. Nos corps entraînés étaient préparés pour affronter ce qui nous est arrivé. Souffrir physiquement, c'est le lot d'un sportif de haut niveau. Il y a quelques années, j'ai passé trois jours avec ma sœur dans son cirque. Le quotidien y est impressionnant, ces artistes s'entraînent plus que nous. Alice, c'est une bosseuse, scrupuleuse et sérieuse, rien n'est laissé au hasard. La connaissance de nos corps nous a aidés à récupérer.

Je connaissais déjà l'hôpital, les opérations, la rééducation. Malgré l'intensité, malgré la nature des blessures et du traumatisme, j'avance en terrain connu depuis le début.

Peut-on recommencer « comme avant », alors que tout a changé en nous ? Certains éléments du quotidien sont des tortures. Ma sœur ne sera plus la voltigeuse qu'elle avait forgée, inventée. Elle en sera une autre, différente. Elle va s'adapter et rebondir, encore, car elle est forte. Mais la phase actuelle est la plus difficile. Nous arrivons au sommet de notre ascension, depuis des mois nous grimpons. Mètre après mètre, en suivant notre rêve, notre instinct et notre orgueil. Le sommet est visible, il est là, tout proche. Mais derrière se profile un autre chemin inattendu. Une autre ascension, plus vertigineuse, plus longue encore. Chaque mètre avalé apporte son lot de douleurs et de frustration. Chaque mètre à engranger demande souffrance et abnégation.

À chaque match de championnat, je suis allé sur le terrain, water-boy pour mes copains. Alice va regarder ses porteurs s'entraîner avec d'autres voltigeuses pour continuer à progresser.

On s'est battus de toutes nos forces, chaque seconde on a lutté pour réaliser l'impossible. On a joué au phénix, on voulait s'offrir la possibilité de recommencer. On s'est offert la torture de se confronter directement à notre réalité. Mais on n'a jamais rien lâché, on a construit pour nos futurs.

Nice-Paris

La vie est comme la ligne de TGV Nice-Paris.

Les premiers kilomètres, ça traîne, il y a beaucoup de virages. On a le temps de voir le paysage, de comprendre où on est, ce qu'on fait, on a le temps d'analyser. Aux nombreux petits arrêts, on s'impatiente, on se demande à quel moment le train se mettra en vitesse de croisière.

Pauvre fou, on se met même à vouloir que ça accélère.

Passé Avignon, le train est lancé, on ne peut plus l'arrêter, il file et le décor s'unifie. Terminé la Provence, les champs de lavande et les contreforts du Vercors. On ne voit plus que des grandes plaines et des éoliennes. Quelques biches courant dans un champ pour seule distraction. Un paquet de M&M's au bar, si t'as de l'artiche. On s'approche de la gare de Lyon et on se rappelle les quelques minutes à la gare d'Aix-en-Provence, c'était bien.

Et puis, les premières tours, les lettres lumineuses des centres commerciaux de Bercy, le TGV ralentit. On a le temps de regarder en arrière et de repenser avec mélancolie aux champs de lavande, aux rayons de soleil à travers la vitre.

Le train s'arrête, les portes s'ouvrent et l'odeur de Paris s'infiltre dans le wagon. On pense à la chance d'arriver au terminus, à destination. Telle une fleur qui parvient à sa floraison.

J'espère arriver jusqu'au quai et revoir Paris, comme Charles Trenet.

La vie est comme la ligne de TGV Nice-Paris.

C'est Bobosse, le patron de l'Auberge du Quincy dans le XIIe, qui me l'a dit.

Avril 2017

Squadra

Aujourd'hui, un morceau de balle est sorti de ma cheville. Cela faisait plusieurs jours qu'une sorte de bouton bizarre poussait à côté de ma malléole externe. Le truc gonflait, comme un mini-kyste. Une croûte s'est formée. Ce matin, en séance de musculation, ça me démangeait, je l'ai grattée. C'était un petit bout de balle, le troisième que je récupère. C'est noir et ça déteint sur la peau autour. On était trois dans la pièce, d'un coup ils étaient tout blancs.

Dans le regard des gens, je vois qu'à travers moi ils touchent la guerre du doigt. Nous sommes les heureux habitants d'un pays en paix. La mort, la poudre se sont invitées dans des rues joyeuses. Je fais partie de ceux qui sont nés chanceux, mon monde n'est pas en ruine, ni en feu. Mais le temps de quelques heures, j'ai vécu ce que trop de gens connaissent déjà. Ma patrie a connu la guerre de nombreuses fois dans son histoire. Soixante et onze ans après la Libération de

Paris, elle y est revenue. Beaucoup trop de personnes en ont payé le prix.

Dans le regard de gens, je ne suis plus Aristide, je suis Aristide le survivant. La violence qui fascine, la folie qui effraie se trouvent devant leurs yeux. Ce ne sont plus des images à la télé, des balles sont entrées dans mon corps et ils en voient les cicatrices. L'horreur prend forme, elle est concrète. Alors, je fuis. Le poids des regards sur moi est pesant. Je mets ma capuche et je baisse la tête.

En me voyant extraire de ma cheville ce petit bout noir, Giorgio Da Lozzo, le préparateur physique de Mogliano, était mal. Il a caché son émotion, on s'est remis au boulot. Mais je sais que toutes ces choses le marquent. Il s'occupe de moi depuis ma sortie du centre de rééducation. Philippe Serrano a confiance en lui. Philippe est un homme de paix. C'est le docteur qui s'est occupé de nous depuis le premier jour. Son regard donne confiance, est rempli de bienveillance. On est amis depuis le Stade Français. Il est le médecin en chef de l'ADPT à Châtillon, où j'ai fait ma rééducation. Il était là chaque jour lorsque j'étais en réanimation. Dans la nuit du 13 novembre, il a appris la nouvelle. Il m'a écrit un mail, comme une bouteille d'espérance lancée à la mer. Je ne l'ai lu que quelques semaines plus tard. Il faisait le vœu de revenir me voir à Venise. Qu'on aille ensemble à la Salute pour nous recueillir un moment, un moment de paix. On l'a fait l'été dernier, il faisait beau, un gondolier s'est mis à chanter. Au Lido, les stars défilaient non loin de l'Hôtel des Bains, nous, on regardait les surfeurs au bout d'une jetée en bois. Nos regards et nos conversations divaguaient. Il y avait des vagues et du vent. Les drapeaux au-dessus de nous claquaient inlassablement.

Philippe est l'un des rares qui sache ce qu'il m'est réellement arrivé. Giorgio aussi, et j'ai passé un pacte avec lui. Il me connaît, il sait que je vais toujours trop loin. Quand j'ai rejoint mon équipe en mai 2016 pour continuer ma rééducation avec le staff de Mogliano, il m'a dit : « J'ai besoin que tu sois le plus honnête possible, que tu ne me caches rien. Que ton feedback soit précis. L'objectif est d'avancer tous les jours, même très tranquillement, mais jamais de revenir en arrière. J'ai besoin de savoir ce qu'il se passe dans ta tête, dans ton corps. » Avec Marcella Bounous, ma psychologue du sport, et Nicolò Pagotto, le manager de Mogliano, ils forment mon équipe resserrée. Ils ont veillé sur moi, mesuré mes progrès. C'est ma Squadra Azzura à moi.

J'ai tout de suite pensé que j'étais en vie grâce à Giorgio. En Novembre 2015, j'étais dans la forme de ma vie. Je l'avais même dit à mon père, une semaine avant les attentats. Avec Giorgio, j'avais trouvé un capitaine de travail qui savait aussi dire stop. Il est le meilleur préparateur que j'aie connu. Il est précis, scrupuleux, professionnel. Mais il est surtout à l'écoute. Il ne considère pas ses athlètes comme de simples sportifs. Il prend tout en compte, le contexte général, il comprend et voit tout. On ne peut rien lui cacher, c'est un *profiler*. Beaucoup auraient été dépassés par mon cas, lui a assuré. Je ne lui ai pas toujours dit la vérité, j'ai manqué à mon pacte, je me suis arrangé. Quand ça n'allait pas, s'il ne me posait pas de questions, je ne disais rien. Je ne lui ai jamais menti, mais je ne lui ai pas tout dit. Il me demandait souvent d'écouter un peu plus mon corps. Il ne sait pas que si je me mets, rien qu'une seconde, à écouter mon corps, je tombe par terre et je pleure.

Janvier 2017

Pateh Sabally

Hier après-midi, j'étais en séance de musculation au centre d'entraînement de Mogliano.

Au même moment à Venise, Patey Sabally, un homme venant de Gambie, a sauté dans le Grand Canal, il s'est suicidé. Il était arrivé en Sicile par la mer, il avait 22 ans.

Je me préoccupais de mes pectoraux et, à quatre kilomètres, un homme mourait dans l'eau. Les passants le regardaient et certains l'insultaient, se moquaient de lui, lui criaient de repartir en Afrique. Il faisait moins 5 degrés depuis trois semaines, l'eau était glaciale.

Certains rigolaient. Je n'arrive pas à m'enlever l'idée de la tête. Un homme mourait devant eux et, eux, ils trouvaient ça drôle.

J'ai toujours adoré entendre les anciens parler des progrès sociaux de leur époque. De leurs luttes, des manifestations. J'ai souvent écouté mes grands-mères parler des combats pour les droits des femmes. Si un jour j'ai des petits-enfants, je leur dirai :

« Tu vois mon petit gars, j'ai vécu une époque où la vie de certains hommes valait moins que d'autres, une époque où on regardait des gens mourir en rigolant. Pourtant, on avait tous été à l'école, on savait tous ce qu'a été la Shoah, le génocide arménien ou celui des Tutsis au Rwanda. On avait tous été fiers d'apporter du riz à l'école pour l'envoyer au Kosovo ou en Somalie. On était informés, tout le monde avait la télé, un téléphone. Mais on fermait les yeux, on faisait semblant.

– Et toi, papy, qu'est-ce que tu faisais à cette époque, t'as fait quoi pour que ça change ?

– Moi, je jouais au rugby, je pensais à ma carrière. Je ne pensais qu'à être performant. Je mettais toute mon énergie à avoir le meilleur taux de réussite possible pour mettre un ballon entre deux poteaux. »

Ce matin, en me levant, j'ai encore pensé à Pateh Sabally. À quelques kilomètres de moi, désespéré et seul, il a choisi de mourir dans l'eau glacée, loin des siens. J'ai eu du mal à me regarder dans le miroir en me brossant les dents. Après l'entraînement, j'ai mis mon corps tout entier dans la piscine de glaçons où on plonge les jambes pour la récupération. L'eau était à 7 degrés et c'était insupportable.

Échouer

Le 7 janvier 2015, Aïda m'a envoyé un message pour me dire qu'il y avait eu une fusillade à *Charlie Hebdo*. Ma sœur et son amoureux étaient chez moi, à Venise, pour la semaine. J'ai allumé TV5 Monde et j'ai découvert le boulevard Richard-Lenoir bloqué, avec des ambulances partout. La liste macabre des gens assassinés s'allongeait et j'ai éteint la télé. Ma ville était touchée, la folie avait frappé, je me sentais blessé. Je me sentais encore plus inutile que les autres jours, loin de ma terre meurtrie. Je me demandais ce que je foutais là. L'après-midi, il a fallu que je m'entraîne, j'étais comme une carapace vide. Alice et Jérémy sont rentrés le soir. On a pu parler, je me sentais mieux, l'effort physique avait agi comme un défouloir.

Dans les jours suivants, j'ai scruté les journaux. J'ai écouté les gens s'exprimer, montrer qu'ils n'acceptaient pas. J'en ai entendu dire qu'ils n'étaient pas Charlie, et qui expliquaient pourquoi, qui argumentaient, calmement. J'ai vu de mon Veneto un million de personnes prendre la rue. J'ai beaucoup parlé avec mes proches italiens. Ils ne comprenaient pas la dimension de l'événement, de ce que cela représentait symboliquement et historiquement.

J'expliquais à mes amis ce que signifie la rue à Paris. Qu'en France, la croyance en la cause commune est encore vaguement ancrée. Que descendre et marcher dans la rue est notre moyen d'expression face à l'incompréhension. Notre manière de lutter. Je leur racontais les révolutions parisiennes d'Étienne Marcel à Mai 68.

Je leur parlais de mes souvenirs avec mon père entre Denfert et Nation à crier sur les boulevards bondés. Je leur parlais de Paris, de mon pays, de son peuple enrichi de vagues successives d'immigration. Depuis mon Veneto, j'étais fier de la réaction de mon peuple. Mon idéalisme était à son paroxysme. Je leur ai dit que j'y croyais, qu'on en sortirait plus forts. Je crois qu'ils me comprenaient.

Quelques mois après, en voyant un mec me pointer avec sa Kalachnikov et nous rafaler, lorsque j'ai vu par terre les gens affalés, j'ai tout de suite repensé à ces jours tristes de janvier. J'ai vécu les semaines qui ont suivi totalement coupé du monde. J'ai tenu dans un équilibre instable comme au bord d'une falaise surplombant la vallée. Loin des journaux, loin des télés, j'avais besoin de ne rien savoir pour laisser mon corps et mon esprit cicatriser. Mais, en sortant de ma vie d'ermite, je me suis rendu compte du désastre.

L'hystérie autour des questions qui n'ont pas de sens comme la déchéance de nationalité ou le burkini. Certains ont manipulé la peur, des divisions se sont créées ou agrandies. Après la méfiance, on est dans la défiance. Ces derniers mois, à chaque retour à Paris, j'ai senti une tension palpable, des rapports humains difficiles. Une atmosphère délétère d'angoisse et de colère.

Cela aurait pu être le grand soir de la tolérance et de la cohésion, on aurait pu répondre par l'apaisement. J'ai vu mon pays s'orienter vers la facilité, se refermer sur lui-même. On aurait pu prouver tous ensemble ce qu'il y a écrit sur les frontons de nos mairies.

J'ai entendu des responsables politiques parler des origines gauloises pour déterminer les seuls vrais Français. C'est vos mères, les Gauloises, bande d'inconscients. J'aimerais qu'ils prennent conscience de la portée de certains de leurs mots, de leurs actes.

Dans les mois qui ont suivi novembre 2015, avec mon regard de nouveau-né, j'ai observé. Je me suis dit, pour la première fois, que nous étions en train d'échouer. On ne s'en sortira pas de cette façon. Quitte à perdre des voix ou des sous, peut-être devrait-on penser à ce qu'on laisse derrière nous ?

Je vois cet événement comme une épreuve physique, mais aussi idéologique et humaine. Nous jouons une partie décisive pour notre histoire commune. J'ai rencontré d'autres blessés des attentats, j'ai lu des livres qui y sont liés. Malgré ce qu'on a subi, personne n'a sombré.

Je suis persuadé que, dans cette lutte, la réponse vient de nous tous. On peut essayer, réparer les erreurs. Ne pas accepter l'obscurité, continuer de lutter. On est plongés tous ensemble dans cette Histoire merdique, pas les uns contre les autres. Si on fait tous de notre mieux, ça sera déjà bien. Dans mon propre cas, si je m'en sors avec tout ce que j'ai vu et vécu, si je continue à penser que j'y crois, et que je me bats, je pourrai être fier de moi et, à la fois, pour les autres, ça peut avoir du poids.

J'arrête, j'ai peur

J'arrête, j'ai peur. Et je n'ai pas peur de dire que j'ai peur. Cette semaine, j'ai été malade comme jamais. J'ai retrouvé les mêmes maux de tête qu'en réanimation.

Intolérable, insupportable, inimaginable. Trois jours. J'en tremble encore, et pourtant, je sais de quoi je parle. Je suis arrivé au bout. Mon corps réagit de plus en plus mal aux entraînements, même les séances dérisoires. Mon cou est bloqué depuis des mois, le soir des entraînements, je ne dors pas, j'ai la *cagarella*, la chiasse, je ne m'en sors pas.

Je tiens tête à la douleur depuis un an et demi. Me voilà à la croisée des chemins. Mon corps et mon esprit font deux depuis le 13 novembre, et ils ne vont pas tarder à faire trois, si je vais trop loin. Mon corps envoie ces signaux négatifs pour me dire « C'est bon maintenant, stop ». Je le sens, j'en suis sûr, et ça me fait peur. Cela fait des mois que ça dure. Cela a commencé par les douleurs, les contractures, les migraines, la perte d'appétit. Quelle sera la suite ? Infections, maladies graves ? Le corps doit être écouté, et quand ce n'est pas le cas, il te nique ta race.

Avec Giorgio, on pataugeait vraiment depuis ma dernière opération. Pourtant, avant, j'avais réussi à revenir à un beau niveau physique. Mais les conséquences quotidiennes étaient beaucoup trop importantes, je sentais au fond de moi que je n'allais pas pouvoir tenir le rythme. Chaque matin, il me faut au moins une heure pour pouvoir marcher et respirer normalement. J'ai un long temps de mise en route, je suis devenu un diesel. Je dors mal, j'ai la tête dans le cul jusqu'à midi.

J'arrête ce désastre. Mon chirurgien thoracique m'a expliqué que, si les agrafes de titane fixées sur mes côtes se rompaient et transperçaient mon poumon, j'avais deux heures pour être opéré. Un nouvel œdème pulmonaire serait dramatique. Un jour ou l'autre, sur le terrain, j'aurais pris ce coup dans les côtes, malgré les protections, malgré mon attention. Et il faudrait faire vite, l'ambulance, la mort envisagée, de nouveau.

Je ne suis pas prêt, je ne veux pas revivre ça. Je ne pense pas non plus qu'il soit judicieux de mourir devant mes amis, dans un stade rempli.

On est allés faire un basket avec des copains l'autre jour sur le terrain, derrière l'église du bled où on habite quasiment tous. Quelques paniers, du gros son pour casser la routine des entraînements. J'ai voulu faire le fou et prendre un rebond en l'air. Ma tête a heurté l'épaule solide d'un pote. Un éclair a pété dans ma tête, j'ai vu un grand flash puis du blanc. J'ai chancelé une seconde, tous mes copains se sont arrêtés, m'ont regardé inquiets. Pour les rassurer, j'ai rigolé, mais je ne voyais plus rien. Les tambours du Bronx ont commencé à taper dans mon crâne, l'étau s'est resserré doucement sur mes tempes, la barre s'est installée sur mon front. Ça m'arrive à chaque choc dans la tête. Ça a duré trois jours. Retourner sur un terrain, vraiment ?

Je flippe pour mon avenir. J'ai mal tout le temps, quand je suis assis, quand je suis debout, quand je marche. Il y a quelques semaines, j'ai eu un petit malaise, devant des amis, en me levant d'une mauvaise position. La douleur a été trop forte, trop générale, mon esprit m'a déconnecté, mis en repos. Il n'en peut plus, et ma tête arrive au bout aussi. J'ai 28 ans sur ma carte d'identité, 20 dans ma tête et 80 dans mon corps.

J'ai peur, je ne veux pas être enfermé dans une carcasse défoncée, je veux en prendre soin, j'ai besoin de choses douces. Le rugby n'est pas doux. J'ai besoin de perdre dix kilos. Ne plus devoir porter tous ces muscles. J'ai besoin de deux heures d'étirements par jour, de yoga, de piscine.

Je suis obligé de mentir à tout le monde et j'en ai marre. J'ai dû cacher des choses pour continuer le pari. J'ai l'impression de m'arrêter à deux mètres du mur. Je pourrais continuer à m'en approcher, faire le malin. Mais je risque de le prendre à fond comme dans *La Fureur de vivre* avec James Dean.

J'ai annoncé ma décision à Pierre Mordant, le chirurgien qui m'a opéré la nuit du 13 au 14 novembre. J'ai lu le soulagement sur son visage. Lui, il sait. Avec Celia Boulitrop, qui était à Saint-Louis quand je suis arrivé en ambulance, ils ont sauvé mon poumon, ma vie. Elle a appelé le docteur Mordant : « Pierre, j'ai besoin de toi, viens vite, s'il te plaît. » On ne s'est pas vus beaucoup finalement, mais la connexion est réelle. Ce sont des gens formidables. Ils m'ont vu de l'intérieur, ils me connaissent profondément, intimement. Ils se sont battus pour ne pas m'enlever le poumon droit. « Il est sportif de haut niveau, il a survécu jusqu'à maintenant, il faut lui laisser une chance. » Je lui ai annoncé que je ne retournerais jamais sur le terrain.

« Je ne veux pas sembler indélicat mais ça me soulage beaucoup. Vivez, passez à autre chose, vous avez tant à découvrir. Vous allez enfin connaître le sport pour le plaisir. Je ne suis pas un grand sportif, mais quand je me fais mon footing à Paris ou à la campagne, c'est un kif. Cela me rend heureux. Je suis content que vous connaissiez ça. Je souhaite juste que vous viviez, que vous soyez heureux. » Lui, il sait, son avis a du poids.

Le courage est-il de s'obstiner jusqu'à se détruire ou est-ce d'avoir la force de renoncer et d'accepter ?

Mes parents m'ont donné un prénom de la Grèce antique, il était temps d'acquérir un peu de sagesse. J'y ai cru, je me suis battu. Seize mois après, je dépose les armes, j'ai lutté de toutes mes forces. J'ai récupéré au-delà de toutes les prévisions, je suis allé au-delà de ce qui était possible, je me sens en paix. Et une pensée me vient en aide : ce n'est pas ma faute.

Au moins, je suis debout, je me tiens droit, je ne boite pas, j'ai mes deux pieds, mon poumon fonctionne bien. Je voulais aller au bout de la route, je pensais qu'elle s'achèverait sur un terrain. Elle m'a finalement mené jusqu'à l'acceptation. Peut-être qu'inconsciemment je le savais depuis le début. Mais je devais aller au bout. Cela m'a permis de garder la tête hors de l'eau. L'idée du rugby m'a sauvé. Ne pas lâcher m'a sauvé. Tenter de retrouver ma normalité m'a sauvé. Voir ma sœur lutter m'a sauvé.

J'ai vécu dix-sept années pour atteindre des objectifs. Je vais apprendre à vivre pour le moment présent. Je me laisse du temps maintenant. C'est sûrement le plus grand luxe de notre époque. Je vais être heureux. Je suis un pianiste à qui on a coupé les mains, un photographe sans appareil. Mon instrument de travail est inutilisable. Je dois me réinventer, après les Kalachnikov, j'innove.

J'ai besoin d'être loin, de tout reconstruire. La fin de ma carrière relève d'un coup du sort. Malgré mon obstination, j'ai eu le temps de comprendre que c'était inévitable. Et ce n'est pas ma faute, je n'en porte pas la responsabilité. Je ne finis pas ma carrière sur un coup de tête. Seul Zizou en a le droit. J'ai voulu ne pas regretter, pouvoir être fier. Je le suis, moins que demain, mais plus qu'hier.

Ces derniers jours, j'ai des sensations, des images de ma dernière préparation d'été. En juillet et août 2015, j'ai atteint mon meilleur rugbystique. Je savais ce qui se préparait pour moi, tous les voyants étaient au vert. Je me revois sur le terrain avec David Odiete, à peaufiner nos gestes des heures durant. Je me revois tôt le matin aller à l'entraînement avec Buondi. Pour la première fois de ma vie, j'avais confiance. La roue allait tourner, je le sentais.

Aujourd'hui, j'estime que le rugby pro est devenu dangereux. Des gars arrêtent après quinze ans de haut niveau, ils sont hachés, en vrac. Certains sont incapables de chahuter avec leurs enfants, de tourner la tête, de se tenir droit. Et je ne parle pas des problèmes neurologiques liés aux commotions cérébrales. C'est devenu rare de voir un match de Top 14 sans un ou plusieurs KO. Et certains commentateurs de s'exciter, tout contents de montrer les belles images d'un garçon éteint en l'air avant même de toucher le sol. Faisons des matchs au Colisée, formons deux équipes, mirmillons contre rétiaires. Je vous assure qu'il y aura du spectacle, et encore plus de sang, vous serez content.

Des protocoles existent contre les commotions, mais ils sont insuffisants. Je ne connais pas un seul joueur pro qui n'ait pas continué à jouer après un KO. Qui ait déclaré des pertes d'équilibre ou de connaissance après une séance d'entraînement musclé. Cela aurait pu compromettre une participation à un gros match. Cette vie est instable, il faut être dans le coup, tout le temps. À ce niveau-là, à chaque impact appuyé, on voit les étoiles. Avec un peu de concentration, on voit même des constellations.

Mon ami Benoît Guyot a arrêté sa carrière pro à l'été 2016. On s'est rencontrés aux sélections pour l'entrée au pôle espoir de Lakanal. On a fait ces trois années ensemble, puis les équipes de France. Après la coupe du monde au Japon, il est parti à Biarritz, capitaine à 22 ans il a marqué les esprits par son sens du sacrifice, à la pointe du combat, toujours. Puis La Rochelle où on l'a gâché. Il s'y connaît en commotions. Quand il m'a annoncé son arrêt l'an dernier, une part de moi était soulagée.

On ne jouera plus ensemble mais, dans la vie comme sur le terrain autrefois, il me soutient et comble les vides autour de moi. Après les attentats, il était là, prêt à encaisser à ma place. On est des prématurés dans l'arrêt de carrières qu'on a rêvées, qu'on s'est créées. Mais finalement on ne s'en sort pas trop mal, on a la chance d'avoir eu le courage de continuer nos études. On parle beaucoup des autres, ceux qui continuent, on a peur pour eux. Le rugby pro est corrosif, il peut détruire les hommes autant qu'il les forme.

Ma nouvelle vie commence, celle d'après. Ma nouvelle vie commence, je suis prêt. J'ai pris ma décision un matin. Je me suis réveillé à 7 heures, comme ça, sans réveil, j'avais bien dormi, je me sentais faible, j'avais passé trois jours terribles, mais ça allait mieux. Mon chat est venu se caler contre moi. Le soleil passait à travers les rideaux, un rayon tapait sur une photo d'enfance. Bastien et moi dans le jardin de notre grand-père en Bourgogne, avec nos tenues de foot Decathlon qu'on avait reçues pour nos anniversaires respectifs. Un ballon de foot par terre, on se tient par l'épaule. Après la pose, on était sûrement partis en courant dans les chemins, faire des dribbles, mettre des buts imaginaires devant un public acquis. Après ces trois jours à la limite de la folie, coincé dans mon corps en feu et ma tête en friche, j'en avais fini.

« On vient au monde plusieurs fois » : le premier jour de ma nouvelle vie, je suis allé au bar à côté de chez moi, j'ai bu un café. Cela aide pour les migraines. J'ai pris aussi un croissant au chocolat puis un autre. Les flocons d'avoine au lait d'amande c'était hier, c'était ma vie précédente. Je suis allé à l'entraînement, je me suis mis sur un vélo et j'ai pédalé pendant 45 minutes en regardant les autres soulever de la fonte. J'ai fait sortir les restes de la maladie dans les gouttes de sueur vérolées qui tombaient. Quelques larmes ont coulé aussi, mais ça ne se voyait pas. Depuis, je le sens au fond de moi, je ne suis plus un joueur de rugby.

Mars 2017

Roma

J'ai été invité par la Fédération française de rugby pour le match Italie-France à Rome. Il a fallu que la présidence change pour recevoir de la considération, de la compassion ou tout simplement un signe de cette institution. Je suis pourtant un pur produit fédéral français. Je porte l'étiquette « formation française » sur mon front. Je suis entré dans le giron de la Fédération à 15 ans en intégrant le pôle espoir de Lakanal. J'ai fait partie de toutes les équipes de France de 18 ans à 20 ans. Ils ont dû investir un paquet de pognon sur moi. Et pourtant, j'allais servir l'équipe d'Italie. C'est un peu comme si Renault choisissait de fabriquer des voitures de qualité, en prenant le temps de bien faire les choses, dans l'ordre. Mais qu'au moment de les mettre en service, ils achetaient des BMW. C'est sûr que les BM, elles roulent bien, il ne leur arrive pas beaucoup de merde. Et puis c'est beau à regarder, ça fait tourner les têtes dans la rue. Avec des voitures comme ça, tu peux jouer à celui qui a la plus grosse. Elles sont fiables. Alors que les Renault qu'ils ont mis du temps à assembler ont besoin d'un rodage, elles caleront peut-être deux ou trois fois avant de donner le maximum. Ces voitures-là, finalement, on les jette, on les met à la casse à peine sorties de l'usine. J'ai pas mal de copains qu'on a mis à la casse. Des cracks, des joueurs qui ont été gâchés. Comme les modèles qu'on utilise pour les crash test. On peut se permettre d'en abîmer quelques-unes, d'autres sortiront bientôt de l'usine.

Et dans mon cas, c'est comme si Fiat avait récupéré la voiture arrivée à terme de son assemblage. On vit dans un monde étrange.

Cela a été un beau week-end, soigné. Ils ont mis les petits plats dans les grands. J'ai vécu beaucoup de moments fantastiques en quelques heures. J'ai chanté *La Marseillaise* en regardant Serge Simon, devenu vice-président de la Fédération. Quand il ne sauve pas les gens, qu'il ne brave pas les balles, Serge s'investit. Il a plus de vies que tous les chats de Venise.

Je le regardais devant moi, de dos, assis avec des officiels. C'est comme si je le connaissais depuis toujours. On est liés, frères de sang. Je sais qu'il n'a peur de rien, comme avant, sur le terrain. Quand il entend des tirs, il descend. Me protège de son envergure comme une cloche d'airain, c'est ce que je ressens.

J'ai aussi chanté l'hymne italien avec la main sur le cœur en regardant le ciel. S'il n'y avait pas eu les attentats, j'aurais pu être sur le terrain, côté italien. C'est dur. Mais je suis en vie et je regarde le ciel romain, c'est beau. On a traversé Rome de nuit avec l'escorte policière qui ouvrait la voie, je regardais les monuments deux fois millénaires illuminés par les gyrophares. Avec les joueurs de l'équipe de France, je suis sorti en club pour la première fois en cinq ans. Je n'ai pas de passion pour l'ivresse, je sors très peu. À l'heure où la jeunesse met de la kétamine dans son verre, je reste chez moi, j'use des crayons, des mines et j'écris des vers. Les boîtes, c'est un délire quand t'y penses. À part les piliers de zinc qui finissent de s'imbiber comme des éponges neuves, on est tous là, à faire les mythos, à s'inventer une vie comme sur les réseaux sociaux.

J'aime observer et je me délecte des changements des personnalités sous l'effet de l'alcool. Les requins en chasse, les conversations d'ivrognes. Les confessions à l'éthanol, les fins de nuit au vitriol. Mais maintenant, dans la foule, les scènes de joie se transforment en scène d'enfer. Je vois des gens tomber, des silhouettes encapuchonnées s'entasser. Mon esprit arrête la musique et j'entends des cris. J'imagine les scènes au ralenti. Je dois contrôler mon rythme cardiaque, ne pas le laisser s'emballer. Comme avant un coup de pied décisif. J'ai fait ça toute ma vie, je suis entraîné. Je repars pour dix ans loin des stroboscopes. Au milieu de la foule, je me sens seul. Comme dans un isoloir, isolé comme Patrick Dewaere dans *Série noire*.

J'ai retrouvé des copains de longue date. On a cassé des glaçons avec le front, on saignait, on a bien rigolé. J'ai mis un smoking pour la première fois de ma vie. On était beaux gosses Serge et moi, cheveux gominés, nœud papillon, il ressemblait à Marlon Brando dans *Le Parrain*, ou tout comme. Il paraît que certains chemins mènent à Rome.

Bernard Laporte m'a appelé sur scène, les gens se sont levés en applaudissant. Je leur ai fait un signe pour dire « non ». Mais j'ai pris une ovation en pleine face. Durant ces quelques secondes, j'avais envie d'être dans mon lit en PLS. J'avais envie d'être loin. J'aurais tout donné pour me retrouver dans une forêt, tout au fond. Perché en haut d'un arbre, comme Calvino et son baron. C'était trop intense, je n'étais pas prêt. Le gala d'après match a eu lieu sur une colline romaine, dans un ancien bâtiment à l'architecture mussolinienne. J'y ai retrouvé des amis dans les deux équipes, c'était fort.

Je me sentais autant italien que français. À table, une dame en robe de soirée m'a demandé si je me sentais plus l'un ou l'autre. J'ai répondu : « Je suis massicois. »

Elle m'avait abordé en me demandant si j'étais un joueur.

« J'étais un joueur, il y a encore pas longtemps. » Cela me semble honnête.

« Et maintenant vous allez faire quoi ?

– Je vais continuer à faire de mon mieux. » Ça me semble ambitieux.

Amphithéâtre

On me demande partout, pour des conférences, des interviews, des documentaires. Mon cousin Bastien me dit que je pèse lourd, maintenant. Normal, avec tout ce métal dans le corps. Depuis les attentats, j'ai mis beaucoup de défenses autour de moi. Tout me paraît plus intrusif. La grande majorité des gens s'est parfaitement comportée. Mais il y a eu des trucs hallucinants.

Cela a commencé dès le lendemain des attentats. Aïda avait mon téléphone, mon numéro n'a pas tardé à fuiter. Les messages arrivaient par centaines, beaucoup de demandes de journalistes. Plus tard, alors que je ne répondais à personne, certains osaient laisser des messages du genre : « Dans l'intérêt du peuple français, vous devriez vous confier » ou « Votre pays a besoin de votre témoignage ». Ferme ta gueule, steuplait.

TF1, BFM : vous avez été en dessous de tout, vous pouvez me boycotter, je m'en bats les reins, je balance.

La semaine dernière, j'ai accepté de participer à une rencontre dans un lycée de Trévise à côté de chez moi. J'étais avec Giorgio Avola, champion d'escrime italien, médaille d'or à Londres en 2012. Le sujet de la conférence était la place des études dans une vie de sportif de haut niveau. Les questions se sont orientées vers les attentats et mon désir de retour. Les jeunes me connaissaient, les questions étaient hyper-pertinentes. J'avais demandé qu'il n'y ait pas de caméra ni de journalistes. Je n'avais pas peur de parler franchement, j'étais à l'aise. Une jeune fille a demandé le micro pour poser sa question, mais a seulement dit : « Je vous connais depuis longtemps, je suis le rugby. Je voulais simplement dire que je vous estime profondément. » Applaudissements de tout l'amphithéâtre.

J'ai vacillé.

Dolomites

J'ai couru vingt minutes aujourd'hui. J'ai tourné autour du terrain d'entraînement synthétique de Mogliano. Le brouillard lagunaire de la matinée avait laissé place à un air frais descendant des montagnes. Le vent froid me brûlait les bronches et les poumons. La sueur gelait en quelques secondes sur mon front. Les écouteurs bien vissés dans mes oreilles, j'ai pu tenir face aux coups de poignard dans ma cheville, contre les coups de boutoir de ma cage thoracique.

Je sentais certains des morceaux de balle encore incrustés dans ma cheville. Une contracture globale de chaque muscle de mon corps avançait doucement. Partant des zones de sortie de la balle au niveau des côtes, elle progressait vers le dos, le cou, les lombaires, les fessiers.

Tout se passe dans la tête. Si je baisse le bouclier mental, ne serait-ce qu'une demi-seconde, je m'arrête, je m'écroule. Pour tenir, je me concentre sur d'autres sensations. Ma cheville qui, malgré tout, répond bien au sol. Le bonheur de voir mes pieds avancer quand je baisse la tête. Mon cœur qui s'emballe dans ma poitrine, mon allié qui ne m'a jamais lâché, même embourbé. Malgré les douleurs, quel bonheur, merde ! Je me revois l'année dernière sur mon fauteuil roulant, à ne pouvoir poser le pied par terre pendant cinq mois. Engoncé dans un corps qui n'était plus le mien. La nuit, je rêvais que je courais. Je n'ai jamais rêvé de rugby, c'était beaucoup trop loin, trop compliqué. Mais je me voyais nager, courir, marcher dans la montagne. J'ouvrais les yeux et j'étais dans un lit. Mon lit d'adolescent chez mes parents ou le lit d'hôpital devenu tout aussi familier.

Au loin, dans le coucher de soleil, les Dolomites enneigées. Un héron blanc de la lagune est passé au-dessus de moi. Je me sentais vidé, heureux et brave. Le suis-je vraiment ?

Un jour, il va falloir que je craque. Que je lâche tout. J'y pense pour la première fois. Je suis une cocotte-minute. Il va falloir appuyer sur le bouchon et laisser sortir un peu de vapeur sous pression. Je me fais peur à certains moments, à la limite de l'explosion.

D'accord, le type dans le poème de Kipling, il devient un homme en voyant l'œuvre de sa vie détruite, en acceptant et en recommençant. Mais il ne précise pas si, un jour, il a pris une batte de base-ball, s'il s'est calé dans une casse et a défoncé quelques voitures abandonnées. Comme ça, gratuitement, sans faire de mal à personne, juste pour lâcher du lest. Peut-être qu'après des mois et des mois d'abnégation, de reconstruction intense, un peu de destruction primaire peut aider ? J'ai beaucoup trop de trucs dans ma tête, trop de violence, trop d'images. J'ai dû accepter trop de douleurs, trop d'horreur avec le sourire pour continuer à avancer.

Je demanderai à mon père de venir avec moi. On ira dans une casse et on se fera quelques carcasses de vieilles caisses. Comme ça, pour les nerfs, parce qu'on a emmagasiné trop de trucs, il va falloir que ça sorte. Bousiller des voitures à l'abandon, ça peut être sain comme activité. Si tu peux envoyer un rétro de Merco à 30 mètres avec le sourire, tu seras un homme mon fils.

Rideau

À quoi va me servir tout ce que j'ai appris durant ces dix-sept années de rugby dont sept comme professionnel ? Tous ces gestes que j'ai répétés des milliers de fois par semaine. J'ai fait des milliers de passes, de coups de pied dans ma vie. J'en bouffe depuis que j'ai 10 ans. Dans la rue, en vacances. Entre les cours, au-dessus des bus. La plupart des gestes techniques ne me serviront plus à rien, mais les qualités athlétiques me serviront à coup sûr. Ces dernières semaines, elles me servent à attraper un bus, esquiver les contrôleurs et surtout m'échapper bien vite quand je vois des convoyeurs de fonds. Ça me fait flipper maintenant quand ils sortent de leurs camions avec une sacoche et la main sur le pétard. J'ai l'impression qu'à chaque seconde un braquage va avoir lieu et que je vais prendre une balle. D'ailleurs, sa mère la grosse pute à celui qui a inventé les armes à feu. Sa mère à colt. Sa mère à Winchester. Et sa mère à Beretta. Même s'il était italien.

L'autre jour vers Nation, j'ai vu des convoyeurs sortir d'une banque avec un paquet. Il y avait du bordel sur la place. Des embouteillages, des klaxons, beaucoup de tension dans l'air. Je n'étais pas loin du Comptoir Voltaire. J'ai tapé ma meilleure pointe ! J'aurais battu mes stats, si on avait pris mon chrono.

C'est ça notre quotidien, raser les murs dans les endroits publics, pas pouvoir regarder notre interlocuteur dans les yeux parce qu'on scrute chaque allée et venue dans la rue, dans un café ou un train.

On est tous devenus des Jason Bourne. Trois secondes après être entrés dans un cinéma ou un restaurant, on sait déjà où sont les issues de secours. On a déjà scanné tous les visages.

Notre sixième sens du danger s'allume au premier cri, au plus faible des klaxons, au moindre objet qui tombe par terre.

4 mars 2017. Pour la première fois de la saison, on a réalisé l'exploit de faire tomber les favoris au titre. Mogliano-Calvisano, deux grands noms du rugby italien. Mon match préféré de la saison. Comme Waterboy, je me suis démené. J'ai fini sans voix, j'ai couru partout. Je rassurais, je tentais de donner de la force. Les dernières minutes ont été intenses. J'ai regardé mes potes se fumer sur chaque contact pour ne pas céder face aux attaques. C'était une fin de match solide, pour les braves.

Je me suis rappelé mon dernier match. Sur ce même terrain, contre Rovigo, seize mois plus tôt, et avec un scénario quasiment identique. Rovigo était, comme nous, une des équipes favorites pour le scudetto. Je me souviendrai toujours de nos visages, tous marqués, quelques arcades ouvertes. Je revois mon ami Ruben Riccioli qui mettait la tête où je ne mettrais même pas un bâton. Quand l'arbitre a sifflé, il était à côté de moi. Je l'ai regardé, souffrant, sa silhouette découpée dans le ciel aux couleurs de soleil couchant. On était au bout de la fatigue, il saignait du visage. Il avait plaqué à tour de bras, mettant l'impact chaque fois. Je me suis dit que j'avais la chance de jouer avec des bonhommes pareils. C'étaient tous des sacrés mecs.

Au moment où j'ai pris le pruneau dans la cheville, j'ai pensé à mes amis de Mogliano dans la lumière du coucher de soleil. Je me suis dit : « Si je m'en sors, le rugby, c'est fini. » Et cela me semblait alors la chose la plus insignifiante du monde. J'ai pensé : « Au moins, mon dernier match, c'était une victoire de malade. » J'ai réussi mon dernier coup de pied, et mon père était dans les tribunes. En fait, même si je n'ai jamais pu rejouer, la boucle était bouclée.

Contre Calvisano, le scénario s'est répété. Avec des joueurs bien plus jeunes. Mais qui ont mis tout ce qu'ils avaient. Certains matchs se gagnent avec les tripes. Des matchs où tu vas chercher au plus profond de toi. Au coup de sifflet final, un sentiment d'éternité. Quand tu croises des regards qui disent : « Je te considère comme un vrai. »

Le championnat italien n'est peut-être pas le plus beau ou le plus impressionnant. Mais qu'il est dur, tendu, agressif.

À la fin de ce match, j'ai rencontré un vieux monsieur, supporter historique de Calvisano. Il écrit aussi sur des sites de rugby italien. Une encyclopédie du ballon ovale en Italie. Il m'a dit qu'il avait hâte de me revoir sur le terrain. Il m'a souhaité le meilleur pour la suite. Il m'a dit que je resterais un de ses joueurs préférés. J'ai ressenti une grande vague de bonheur.

Tout mon travail était validé. J'ai non seulement aimé cette vie, mais j'ai aussi fait plaisir à des gens en Italie ou en France. Et cela suffit à ma joie, cela me permet de mieux accepter cette fin prématurée. J'ai joué dans de grands stades, des beaux stades, devant beaucoup de gens. J'ai pu montrer mon travail, le mettre en pratique. Comme un ébéniste qui montre l'avancement de ses travaux. Les sportifs sont des artisans de leurs mouvements. Chaque compétition est une exposition.

Le plus beau stade est pour moi le Murrayfield à Édimbourg. J'étais remplaçant pour un match de Heineken Cup, mais je ne suis pas entré en jeu. J'avais parlé au jardinier, docteur pelouse. Il parlait du stade comme d'un trésor. « C'est le plus beau que j'aie jamais vu », je lui ai dit. Il était ému comme si je parlais de son fils. J'ai aussi joué au Stade de France et à Leicester, le stade de la passion à l'anglaise. La sortie des vestiaires au milieu des gens qui posent leur bière pour applaudir quand on passe. Et aussi dans le petit stade Carpentier dans le XIIIe arrondissement avec une vue sensationnelle sur les bâtiments des Olympiades. Tous les autres stades, je les préfère de nuit. Les matchs et les entraînements sous les projecteurs, l'hiver, dans la nuit précoce me manqueront. Ils délimitent l'espace, comme une carapace entre nous et le reste du monde. Un aquarium sans vitre, sans eau.

J'ai porté des maillots prestigieux, j'ai joué avec des joueurs exceptionnels. J'ai joué et gagné avec l'équipe première du club qui m'a formé, le club de ma ville, le club de ma vie. J'ai été champion de France avec mes amis d'enfance. Avec les équipes de France jeunes, j'ai gagné un Tournoi des Six Nations et j'ai joué une Coupe du monde. J'ai fait des belles tournées, j'ai vu des beaux pays. J'ai joué à Londres, Osaka, Rome et tant d'autres villes. J'ai même joué en Russie, steuplait. Contre Ivan Drago et ses potes. Dans un stade de style soviétique avec des officiers aux grands képis et uniforme qui gardaient la porte des vestiaires.

Je rêvais de briller sur l'herbe comme Fred Astaire sur les parquets. Je me contenterai de disciplines plus austères et je mettrai le paquet. La perte de toutes ces années de travail et de sacrifices est une étape difficile. J'en sortirai plus fort si je l'accepte. Je vais quitter ma Vénétie, je commence une nouvelle existence. Tout est à réapprendre. Je suis comme un ordinateur formaté, le système est le même, mais il faut tout réorganiser, tout reconfigurer.

Je voudrais vivre mille vies, il faut accepter d'en perdre une.

Ma sœur a fini la rééducation et retourne à l'entraînement. Que je doive arrêter et qu'elle reparte vers sa vie d'acrobate me soulage, je n'aurais pas accepté le contraire. J'ai profité du rugby, j'ai eu le temps de le vivre à fond. Elle commençait à lancer sa carrière après une formation longue et difficile. Elle s'est donné les moyens et va vivre son rêve, enfin. Cette pensée m'aide à m'accrocher.

Voilà, je ne parle que des bonnes choses. Pour le reste, j'ai retrouvé ma batte de baseball, y a une casse pas loin de Massy.

Thornado

À 22 ans, je suis retourné à Massy dans l'équipe pro. Parmi les joueurs, il y avait un sacré groupe sud-africain, tongien et géorgien. C'était incroyable comme tout le monde se kiffait. On faisait des parties de cartes à 20 au fond du car. On se faisait des midis sushis à volonté, le propriétaire priait chaque jour pour qu'on ne vienne pas. On lui donnait des places de match pour compenser.

Parmi mes meilleurs amis : Nicky Smit et Taumei Hikila, respectivement sud-africain et australo-tongien. Deux secondes lignes de 2 mètres et vraiment solides. Ils aimaient venir me retrouver à Paris dans le quartier Latin ou ailleurs, pour boire un café ou manger. Les gens rigolaient quand ils nous voyaient arriver. Moi avec mon mètre 77 entre ces géants. Je prenais du plaisir à leur faire découvrir mon Paris secret. J'ai des images plein la tête, la lumière des derniers beaux jours d'été à rouler dans la voiture de Taumei. Place de la Sorbonne avec Nicky à parler de cinéma. Après les matchs, la colonie tongienne et sud-africaine se retrouvait dans un bar proche du Panthéon. J'habitais juste à côté, parfois je les rejoignais. Taumei a des tatouages de thug partout sur le corps, il dénotait au milieu des intellos des écoles prestigieuses du quartier.

J'ai vu un Tongien les pieds dans le canal Saint-Martin jeter des pierres sur les canards, j'ai vu des Sud-Africains au petit matin, dans le brouillard du Veneto, l'air blafard.

J'ai même vu un Fidjien jouer en short, torse nu dans la neige qu'il touchait pour la première fois.

Un an jour pour jour avant les attentats, Nicky, Nicolaas, est mort après une longue bataille contre une putain de maladie. On a perdu un des mecs que j'estimais le plus au monde. Les meilleurs partent les premiers, c'est pas qu'une *punchline*, c'est la vérité. Je lui faisais découvrir ma jungle urbaine, lui qui venait du bush sud-africain. Il faisait deux têtes et cinq pointures de plus que moi, pourtant nos âmes s'étaient touchées. Je me disais qu'on avait toute la vie pour cette amitié.

Taumei est toujours triste d'avoir perdu son ami. Son compère de deuxième ligne. Il a fait deux saisons en Pro D2 à Carcassonne, puis est reparti en Australie retrouver sa famille. Il me manque, j'irai le voir bientôt et je resterai longtemps.

Après les attentats, je suis rentré en Italie pour de bon au début du mois de mai. C'était une sacrée libération, un accomplissement, une première étape. Mon ami Thorleif Halvorsen, lui aussi sud-africain, m'a annoncé qu'il devait rentrer à la fin de la saison et terminer son aventure italienne. On lui proposait de jouer avec la province sud-africaine des Stormers. L'éloignement, le manque de sa famille et de sa fiancée étaient devenus insupportables. On avait vécu une saison et demie ensemble. Il habitait sur le même palier que moi et on se retrouvait souvent chez l'un ou l'autre. Thorleif est l'un des meilleurs joueurs que j'aie vus de ma vie. Il est dur comme l'acier, grand et hyper-athlétique. Sur le terrain, tu ne vois que lui. Il était l'une des attractions de l'équipe. Les supporters l'avaient rebaptisé Thornado.

J'ai vécu difficilement ses deux derniers jours en Italie. Je voulais lui montrer à quel point il comptait pour moi, ce géant viking. Il est d'ascendance norvégienne et incarne l'idée que je me fais d'un guerrier des mers du Nord, sauf peut-être ses cheveux courts. Un ami silencieux dans la vie, mais incapable de se taire après deux bières. J'ai aimé jouer avec lui, son élégance et son sens du jeu me rendaient la tâche facile, je le mettais dans les bonnes conditions et il explosait les défenses. Je n'ai jamais connu un joueur aussi dur. Quand il se lançait balle en main, je regardais les yeux des adversaires qui allaient devoir le plaquer une seconde plus tard. On y décelait une peur primaire, bestiale. Mais les mecs y allaient quand même. Du mieux qu'ils pouvaient, en sachant qu'ils allaient voir les étoiles. Quand les matchs devenaient trop tendus, on prenait quelques secondes pour parler. J'essayais de lui faire comprendre qu'on devait changer de tactique, être plus intelligents. Il m'écoutait et me répondait simplement « *juste give me the ball, I'll smash them* ».

J'ai tout fait pour ne pas avoir à le saluer dans ses dernières heures en Italie. Je suis allé lui dire au revoir le matin et j'ai vadrouillé dans la journée pour ne pas le croiser après que le compte à rebours de ses heures en Italie soit trop entamé. Mais vers 18 heures, j'étais au centre d'entraînement et il est venu saluer une dernière fois la direction, les jardiniers, les intendants. On s'est dit au revoir de nouveau, comme on est, sans trop d'effusions. Tout s'est passé dans nos yeux. J'espère qu'il a pu y lire l'admiration et l'amitié que j'ai pour lui, cet homme fort, droit, que je n'ai jamais vu reculer sur le terrain. Que j'ai senti si sensible dans les messages qu'il m'envoyait après les attentats.

Il a enfin franchi une dernière fois ce grand portail bleu. Il est entré dans la voiture du manager sous les pins qui bordent notre terrain, dans un coucher de soleil que seul le Veneto peut inventer.

J'ai pleuré comme un enfant. Jusqu'au soir. Comme si je pleurais toutes les larmes qui auraient dû couler les mois précédents. C'est le temps dérobé d'une amitié qui m'a finalement permis de craquer.

Éphémère

Les éphémères me désespèrent. Ils n'ont qu'un jour à vivre mais sont attirés par la lumière. Chaque été, en levant la tête, on les voit par dizaines. Agglutinés aux réverbères, volant calmement en rotation ou stationnaires. Ils apparaissent à Paris au moment où les pigeons ramiers transforment les trottoirs en damiers. Quand les gens commencent à ouvrir les fenêtres dans le RER, quand la ville doucement se revêt de vert.

Je me demande s'ils ont conscience de leur disparition proche, qu'ils finiront oubliés ou observés sous cloche. Je me demande si la nuit est plus belle quand on la vit comme si c'était la dernière. Une courte nuit, un essai simple sans demain ni hier.

Si j'étais éphémère, j'aimerais prendre de la hauteur, survoler l'ennui et la misère. Je chercherais au-dessus des toits, là où les âmes vagabondent. Au-dessus des chimères et des gargouilles, que les orages inondent. Attiré par la fraîcheur et les vieilles pierres, je volerais péniblement jusqu'au cimetière. Au Père-Lachaise, entre les tombes de Jim Morrison, Petrucciani ou Chopin, je finirais cette journée unique en apothéose. Une tournée lyrique, avant que je n'y repose.

Ciao

Mes parents sont venus pour le dernier match à domicile de ce qui sera ma dernière équipe. J'ai tapé le coup d'envoi. Dégueulasse, je me suis foiré.

Le lendemain, Venise sous le beau temps. Vivaldi, *Les Quatre Saisons* sur le Campo San Barnaba. La sieste, allongé sur les pavés, sous un vieux platane. J'entendais un accordéon qui répétait les mêmes accords, pour les passants, plus loin. Je me suis endormi en pensant que si on joue toujours les mêmes choses mais à des gens différents, on fait illusion.

L'orage, plus tard. On s'est abrités dans un cloître pour jouer aux cartes. On se regarde et je vois dans les yeux de mes parents qu'on pense à la même chose. Qu'on a de la chance d'être ici maintenant. L'important est de s'avoir, l'essentiel est de le savoir. On a parlé du présent comme s'il était éphémère, on a parlé du futur puisqu'il y en a un.

Ruben arrête aussi le rugby pro. L'enfant du Trastevere est rentré chez lui. J'étais du voyage, j'ai assisté au retour du fils prodigue. En scooter, derrière lui, dans les petites rues, sur les places majestueuses. J'ai insulté les imprudents en dialecte romain, on est allés sur chacune des sept collines. Le matin, *pizzette* et cafés glacés. On passe devant le palais Farnese, l'ambassade de France. Il me raconte qu'il y avait déposé des fleurs pour moi le 14 novembre 2015, il y en avait une montagne. Sur une terrasse, à deux pas de la piazza Navona, on a discuté jusque tard avec son père, grand chef romain. Dans l'odeur de la pierre millénaire, Ruben a grandi dans la beauté.

Une semaine après, je me retrouve à minuit sur la piazza della Signoria à Florence. Tout est vide, je suis seul devant le *David* de Michel-Ange, son air vénère, sa teub à l'air. Je sais que c'est une copie mais ça me met un coup de pression. Derrière lui, la tour du palazzo Vecchio s'élève. C'est un endroit qui t'en impose, qui te dit ferme ta gueule. Ça fait du bien. Le communiqué annonçant que j'arrêtais le rugby est sorti aujourd'hui. J'ai coupé mes téléphones, je les allumerai dans trois jours, je ne veux rien savoir.

Et puis je partirai, avant de revenir bientôt. En mai dans le mur d'enceinte de Piacenza, je veux revoir les coquelicots. Les orages d'été terrifiants qui arrivent des Dolomites dans le Veneto. L'odeur de jasmin dans les jardins au printemps. Les tempêtes de flocons de pollen qui fondent un mur opaque en couches successives de blanc. Entouré des pierres antiques je suis devenu un homme, notre lien est authentique et durera plus qu'un temps.

Je conclus calmement

Les gens de la banlieue sud reverront parfois un mec de 28 ans, courant, la capuche sur la tête. Tôt le matin, les nuits d'insomnie, tard le soir, si je m'ennuie. Comme il y a quinze ans, j'aurai mes itinéraires. Le rythme moins rapide, les yeux en l'air.

Je traverserai la passerelle vide et sombre de la gare de Massy-Palaiseau. Le temps de regarder les trains de marchandises passer sous mes pieds, j'oublierai la morsure de mes plaies. J'ai grandi en les regardant rouler, interminables et puissants. Je continuerai à imaginer leur destination, je sauterai dans l'un d'eux, il m'amènera vers d'autres passions. Je suis confiant pour le futur, je vis bien avec moi-même. C'est mon seul luxe, je m'en contente même s'il m'arrive de rêver de statues sur le Capitole, entre Castor et Pollux.

Quinze ans après, de retour au même endroit, que s'est-il passé ? C'est ma nouvelle vie, il faut que je m'y initie. Je me retrouve à Massy, même si j'ai l'impression d'avoir depuis vécu plusieurs décennies. Beaucoup me voient bêtement comme un héros. Je ne veux être admiré que par ma famille, mes amis, mes frérots. Je ne renie pas mon destin, j'en reste l'architecte. Je suis Ari aux chicots cassés, ce mec pas mal fracassé, architracassé.

J'irai voir ma sœur de nouveau toucher les étoiles. De cette parenthèse, nos existences lèveront le voile. Elle volera le temps de quelques secondes, c'est son but depuis sa venue au monde.

J'ai maintenant besoin d'observer des choses qui me dépassent. Je me sens en paix dans la grandeur naturelle ou architecturale, j'ai besoin d'espace. Au printemps, contempler les rayons du soleil à travers les feuilles récentes. Scruter les nuages s'étirer au-dessus des tours imposantes. J'ai besoin de sentir que tout passe.

J'ai essayé de me raconter sans trop me la raconter. Si j'ai bien compris, je suis mortel, je ne veux pas pour autant en devenir le commun.

Je pensais que le plus gros défi serait de rejouer. Il est finalement de devoir se réinventer.

Il n'y a pas qu'une vie, on ne naît pas qu'une fois.

Je finis en plaçant ma dédicace à la fin, à l'ancienne. Elle est pour tous les gens que j'aime.

On a fait ce chemin ensemble. Grâce à vous je suis stable, rien ne tremble.

Épilogue

Je suis avec Buondi. Je passe mes derniers jours italiens chez lui à Trévise. Il y a quelques jours, il est venu me voir à Paris avec son amoureuse. Deux jours à lui faire découvrir le Paris dont je lui ai toujours parlé. Le premier jour, on est allés au Belvédère de Belleville, le lieu exact où j'avais retrouvé mes amis à peine sorti de l'avion, après mon premier contrat signé en Italie. On a bouclé cette histoire tous les deux, normal.

On a préparé mon déménagement et fini le sien. On veut regarder un film, on tombe sur un reportage étrange. Des jeunes filles de 16 ans se jettent du haut des immeubles en Russie. Un jeu abominable qui manipule les adolescents, les amène au suicide afin de passer au niveau trois, au niveau maître, être adulés et reconnus.

Il est 3 ou 4 heures du matin, je n'arrive pas à dormir, les images me hantent. Dans l'une d'elles, trois jeunes filles sont accroupies et fument une clope. C'est au crépuscule, on voit loin derrière elles. Le bâtiment doit être immense. Il n'y a qu'une toute petite marche sur la bordure du toit. Une des filles se lève d'un coup, se retourne, marche et saute. Les deux autres courent voir, celle de gauche est la plus jeune. Elle s'accroupit, hésite un instant et se laisse tomber dans le vide.

Je suis sûr qu'elle n'était pas venue pour le faire. Elle a vu l'opportunité de passer maître, le grand saut suivi du grand vide. Il suffit de quelques secondes pour tomber, un peu de folie et de détresse pour sombrer. Demain, certains au collège la respecteront. Ses parents ne comprendront pas, au fil des prochains mois, ils disparaîtront.

Alors on en est là ? Si j'étais croyant, je prierais, si j'avais des larmes, je pleurerais. J'entends un éphémère coincé entre la fenêtre et le volet, je lui ouvre.

C'est trop pour moi, je me lève, m'habille, faut que je sorte, que je respire. Demain, je rentre en France, je pose les cartons et je file chez ma grand-mère Cécile dans les volcans. Je ne pense pas lui en parler, des gens qui manipulent des jeunes filles jusqu'à ce qu'elles se cassent la gueule du 15e étage, ça lui ferait trop mal.

Je mets de la musique, je me sens déjà mieux. Ensuite, j'essaierai de dormir. Demain je change de vie.

Table

RÉALISATION : Nord Compo à Villeneuve-d'Ascq
IMPRESSION : CPI FRANCE
DÉPÔT LÉGAL : SEPTEMBRE 2019. N° 142209-2 (2066409)
IMPRIMÉ EN FRANCE